治療船・タナトスへ

岩崎 悠
Yu Iwasaki

文芸社

◎目次

第1章　夢

　強い光が、私の体を窓の外へ投げ出した。果てしなく広がる闇の中、宇宙船は音もなく進んでいく。近づく星は光の渦となって狂い咲き、そしてあっという間に、小さな点となって消えていく。

　私の体は薄衣《うすぎぬ》のように透きとおり、引き裂かれながらちぎれていく。闇に溶け、細く長く消えていく私の手足。散りばめられた星を抱えながら薄れていく私の額。それを穏やかに見つめながら、消えかかる意識の中で私は心地よい解放感にひたっていた……

　突然、かすれた高い音が頭の中に響き、一気に意識が戻り始めた。インターホンのスイッチ音のようだ。白く照らし出された天井が見えた。声が聞こえてきた。細い女の声だ。いや、男の声だ……

「先生、……です……」「せん……せ……せん……い」

　壁のスピーカーが、叫んでいる。

「せんせい！」

　私は急に我に返った。また寝入ってしまったらしい。スピーカーの声は呆《あき》れかえったように私に向かって怒鳴っている。

「起きて下さい、先生！　パニックですよ。C—52筒です。あなたの仕事ですよ」

「ああわかった、すぐ行く。ああ、すぐに行く！」

私はばつの悪さをごまかすために、わざともったいつけて体を起こし、語気強くインターホンに向かって叫び、苛立《いらだ》った看護師の声を制した。

ゆっくりとベッドに腰掛け、体をほぐすために2、3度首を回し、それから洗面台に行き、冷たい水で額と首の後ろを濡らした。

（まったく！　男のくせにいやに甲高い声で話しやがって。頭が痛くなる。パニック！パニック！　パニック！　もう、うんざりだ！　こんなことはオペレーターがやればいいいんだ）

洗面台の鏡に映った私の顔は青白く疲れ、崩れたままだった。

私はしぶしぶ手術室《オペ》に向かった。新米医師の、これが重要な仕事だとはわかっていても気が重かった。実際、私のような新米の医師よりも、ベテランのオペレーターの方がこういう時のことには詳しい。経験している数が違う。だから、彼らは私のような新米がどう処理するのかを試験官のように眺め、値踏みをして楽しんでいるのだ。

判断の種類は3通りしかない。だから、だいたいはベテランのオペレーターがそれとなくつぶやく意見を聞いて決めればよいのだが、私はそれができないでいる。彼らとどうしてもうまくやれないでいる。たぶん私の小さなプライドがこだわるのだ。

手術室《オペ》に入ると、パニック処置に対する準備はすべて整っていた。スキンスーツを身につけ、淡く黄金色に輝く肌を見せて、看護師用の白い制服姿のオペレーターたちが忙しく動き回っていた。

私の黒いマント姿を見ると、彼らはいっせいに動きを止め、私を見た。このなんとも言いようのない違和感。これもいつものとおりだった。

今日の救急担当は、手術室《オペ》長のナス、ベテラン中のベテランだった。

巨大なガラス窓の向こう、上下に3つ、横に10台の治療筒がならぶ中、パニックを起こした患者の治療筒は一番下の段の一番奥にあった。これはまずい位置だと思った。もし治療筒の入れ替えをしなくてはいけなくなると、ひどく時間がかかってしまう。

というのも、この治療筒を一番手前の修理・交換室まで運ぶために、天井から吊り下げられたクレーンで端から端まで40メートル近く移動させなければならず、それだけで30分以上はかかってしまうからだ。間違った判断は許されない。緊張感が体をこわばらせた。

私は足早に手術室《オペ》の一番奥まで行き、ガラス窓の上に大きく描き出された全身状態のシミュレーション画面を見上げた。そこにはいつもなら身体模式図が映し出され、各臓器部位に検査データの数字が表示されているのだが、今はそのすべてが消され、代わりに緊急事態を告げるパニックの文字と患者番号だけが点滅していた。

オペレーターたちが働いているこの広大な部屋には、実際の患者を映し出すモニター画面がないので、治療筒の中で患者がどうなっているか、本当のところはわからないが、何事もないように静まり返っているということは、とり合えずうまく行っているのだろうと思えた。

主探査電源は既に切られているので、検査と治療のために動いていた100近くのアームのすべては、患者がパニックになる直前の位置で停止しており、患者は、治療筒の中で全身抑制帯によってしっかりと固定されているのだろう。すべてはベテラン手術室《オペ》長、ナスの迅速な処理のおかげだった。

私は一番奥の医師用特別室に入り、緊急モニター映像の電源を入れた。縦40センチ、横60センチほどのモニター画面には、スキンスーツをはがされて生身の裸身を曝《さら》け出された患者が、全身抑制帯で固定されながら、声を張り上げ激しくもがいている姿が映し出されていた。私はモニターを瞳孔カメラに切り替えた。

　患者の瞳孔は大きく見開かれ、眼球は激しく動揺を繰り返していた。彼女はとてつもなく恐ろしいものを目撃したように、恐怖におびえていた。彼女の見たものは、しかし、間違いなく彼女自身の肉体そのものだったろう。もうすぐ75歳になろうとしている、老いた肉体そのものだったのだろう。

「またイメージ・ビューワーの故障ですよ、先生」

　オペレーターの一人が面倒くさそうに、手術室《オペ》とこの部屋とを連絡するスピーカーを通して報告してきた。彼は続けた。

「レベルⅡでしょう……ね？」

「いや、Ⅲ……だと思うが……」

　私は少しためらいながら答えた。自信がなかったわけではないのだが……

「Ⅲですか？」

　別のオペレーターの声が背後で不服そうに語気を荒げた。手術室《オペ》長のナスだ。

「先生、また抑制かけ過ぎて、検査が終わっても覚醒しないってのはいやですよ。私は、Ⅱだと思いますけどね……」

（くそっ！）私は、唇をかんだ。（また値踏みか！）私は内心、そうののしりながら、けれど自信がなかった。

つい1週間前のことだ。抑制をかけすぎて患者の覚醒が遅れ、大幅に検査スケジュールが後ろにずれ込んでしまい、オペレーターたちに不評を買ったのは。しかも、それを2回も続けてやってしまったのだ。

「血圧、脈拍と発汗状態をモニターしてくれ」

私は言い訳を捜した。いまさら血圧や脈拍や発汗状態などモニターしなくても良いのだ。私はもう、ステージⅡと言うしかないのだ。Ⅲと言い張る自信は、情けないとは思うが、持っていない。

刻々と変わる血圧・脈拍の数値と、発汗状態を示す体表面モニター図をことさらのように眺め、私は考える風を装いながら言った。

「うーん、この状態なら……そうだな……ステージⅡでもいいだろう」

「Ⅱですか？」

ナスが、わざともったいつけて言った。

私は決断した。

「ああ、Ⅱだ。Ⅱで処理してくれ」

「よし、ステージⅡだ！」

ナスの勝ち誇ったような声が手術室《オペ》中に響き、他のオペレーターたちに指示を与えた。

直ちに緊急処置ユニットが治療筒の中に滑るように入っていった。同時に、治療筒内のすべての照明が消され、モニターカメラも赤外線カメラに切り替えられた。検査と治療のために治療筒と緊急処置ユニットから出ている、細いアームやコードと、その動きが、患者自身には見えないようにするためだった。

治療筒の中では、100本近いアームやコードが巨大な昆虫の足や触角のように蠢《うごめ》き、治療を受けている者の体をなめまわし、そして体のそこかしこに突き刺さっていく。そのあまりにも不気味な光景を患者に見せないために、彼らの目は必ずイメージ・ビューワーで覆われる。

そこには、あらかじめ調べられた患者のもっとも好む情景が描き出される。同時に強力な鎮痛剤が投与され続ける。麻酔や鎮静剤を用いないのは治療効率をあげるためだ。こうして、患者は心地よい夢の世界の中に浸りながら、痛みを感じることもなく検査と治療を終えることができる。

だから逆に言えば、イメージ・ビューワーの故障は、患者に対してとてつもなく大きな恐怖感を与えることになる。幾つものモニターカメラは巨大な昆虫の目のように患者を見つめ、低くうなる機械音は飛び回る虫の羽音のように近づいては遠ざかる。検査・治療アーム先端の注射針やコード先端のカテーテル針は、まるで巨大な羽虫や皮膚の上を這いまわる地虫《じむし》が、血を吸おうと襲いかかってくるかのようだ。

ビューワーの故障と同時に全身に抑制ホールドがかかるため、患者は体を動かすことができなくなるが、もしそれがなかったら、恐怖でパニックに陥った患者は、一時も早くこの地獄のような状況からぬけだそうと必死にもがくだろう。

だがもがくことでかえって、患者は検査・治療アーム先端の針先で無数の傷を受けることになる。そしてその痛みは、患者をもっと強い恐怖に駆り立てる。パニックは悪化し、患者は叫びを上げながら一層もがく。その悪循環から、遂には、アームのコードが全身に絡みつき、まるで蜘蛛の巣に捕らえられた虫けらのように身動きができなくなり、治療筒の中空に固定されてしまう。

やがて止めようもない出血によって力を失い、そして、あっという間に生命反応が消えていく。幸いそういうことは、ほとんど起こらないが……

しかし、患者の恐怖はそのためだけではない。私は思うのだが、彼や彼女らにとって何よりも恐ろしいのは、自分の肉体を見せつけられることだ。スキンスーツに包み守られた己の肉体。いつまでも、成人式を挙げた15歳の時のみずみずしい姿のままと思い込み続けている、その肉体を。

どれほど繰り返し治療を受け、細胞を入れ替えたとしても、「老い」そのものを止めることは不可能なのだが、彼らはそれが可能だと信じ続けている。入れ替わる記憶がイメージを15歳のままに固定し続け、スキンスーツは肉体の変化を覆い隠す。一途に抱いてきた幻想。それが一瞬のうちに砕かれてしまう恐怖、老いたその肉体を見せつけられる恐怖なのだ。オペレーターたちはそのことを知らない。彼らは患者たち同様、肉体を知らない。老いも死も知らない……。

ともかくも、緊急処置によって患者は鎮静化した。全身は穏やかな緊張と弛緩の平衡状態に達した。眼球の動きは緩やかになり、やがて静かに目が閉じられた。

「よし、治療を再開してくれ」

私は椅子の背にもたれ、おもむろに指示を出した。

ビューワーが故障しても治療そのものを中止するわけにはいかない。一回の治療には莫大なエネルギーが費やされる。治療筒内の検査・治療アーム、モニターカメラ、そのすべてをスタンバイさせるだけでも十分なエネルギーと時間が費やされる。さらに、データの収集、解析を行うための装置や結果を表示する装置をも動かすとなると、それはかなりのものになる。

だから、患者を一旦もとに戻し、もう一度最初からやり直すなどということは不可能に近い。そんなことをするくらいなら、故障したビューワーを交換するまでの間、昔なされていたように、患者を強力な鎮痛剤で眠らせておいてそのまま検査を続けた方がよい。その方がまだ効率的なのだ。

その代わり、今度は覚醒のタイミングが問題になってくる。もしも治療途中で覚醒したりすると、抑制ホールドをはずされたまま再びパニックを起こした患者に、もはや対処すべき手段がなくなる。手をこまねいて見ているしかない。だが一方で、もし検査が終わった後も長いこと覚醒しないままでいると、効率よく鎮痛剤のみで治療を行っているそもそもの意味がなくなってしまう。ただ患者の覚醒を待つだけで何の検査も治療もされずに放置される治療筒は、エネルギー消費の無駄以外の何物でもない。

あろうことか、私はこの失敗を2回も連続してやってしまったのだ。この効率重視のシステムがもっとも恐れる失敗を。

ほとんど自動化されてしまった手術室《オペ》で我々医師のやれる仕事、腕の見せどころは、いかにうまく、パニックに陥った患者を検査終了までに覚醒させるかということだ。遠い昔の手術室《オペ》というのは、こんなものではなかったらしい。それこそ医師のもっとも医師らしい腕の見せどころであったらしい。だが、今の手術室《オペ》は、せいぜい我々新米医師の当直仕事でしかない。

私はこの仕事がどうしても好きになれない。昔が羨《うらや》ましい。その時代に生まれたかった。この仕事をする時、私はいつもそういうことを考える。そんな気持ちが、私が不手際を繰り返すもとになっているのかもしれない。

再開した検査は順調に進んでいた。私は医師にしか見られないモニター画像から、オペレーターたちが見ているのと同じシミュレーションスクリーンに切り替えた。スクリーンには患者の姿の代わりに人体模式図が表示されている。

一つの部位の検査結果が得られると、その部位の模式図がズームされ、そこに検査項目と結果の数値が映し出される。もし異常値が出れば警告音が鳴り響き、スクリーンの数値が赤く点滅する。そして、オペレーターが了解のキーを押すまで検査は一時停止状態になる。

元々は、計器の故障による偶発的異常値と、本来の異常値とを区別するために考え出されたシステムなのだが、実際は、どの患者の場合も余りに多く異常値が出るために、ほとんど反射的に了解のキーが押されている。だから今はただ単に、オペレーターがこの検査に自分が関与し、コントロールしているのだという錯覚と満足感を得るためだけのものでしかない。この患者もやはり同じだ。異常値の警報は鳴り続き、オペレーターは忙しく了解のキーを押している。

患者は治療筒の中心部に、わずかの支持に支えられて浮かんでいる。その回りを検査・治療アームが、目まぐるしく動き回っている。私は再びモニター画像に切り替え、患者の体の主要な部位をズームで見て回った。スキンスーツをはずしたその体はやせ衰え、しわだらけで、干からびた皮膚の表面からは血管が青く透けて見えている。まるで解剖標本だ。

しかし、これこそが生きた本当の体でもある。スキンスーツをはずした肉体を見ることが許されるのは、必要性と秘密保持のために、我々医師だけになっている。それが様々の権利を奪われている我々の唯一の特権なのだ。もっとも、そんなものを私は有難いとは思わない。はぎ取られた夢。幻影。この世が幻影でしかないのなら、その幻影の中でしか生きられないのが我々ならば、私も、皆と同じように夢を見続けていたいと思う。

私はモニターカメラを眼球にズームさせた。穏やかに閉じられた眼球を見るのは心地よい。深く静かに、夢に引き込まれるように、安らかに閉じられた目は、見る者の心を和ませる。この人は今、何を夢見ているのだろう。幻影に生きながら、それでもなお夢を見る。その夢が心地よいということは、この人には幻影すらも苦しみなのだろうか。私はカメラを別の箇所へ移動させた。

ふと、彼女の目が動いたような気がした。レム睡眠期か。それこそ夢を見ている時だから。そう思って、私はもう一度カメラを眼球に戻した。私は心臓が止まるかと、いや実際、私の心臓が確かに鼓動を止めたかと思うほどに私の全身が凍りついた。患者はしっかりと目を見開いていた。開ききった瞳孔でカメラを見すえていた。

そして次の瞬間、その目は激しく空をさまよい、唇がわなないた。叫びが響いて治療筒をふるわせた。このモニター室には音は一切伝えられない。だが私は、引き裂くような叫び声を聞いたように思った。私の耳には、確かに叫び声が長く尾を引いて響いた。最悪だった。

私はすぐに鎮静ガスを作動させ、検査装置の電源を切った。が、もう遅すぎた。患者は恐怖でもがきまわり、検査・治療アームにつながる何十本ものコードが彼女の体に絡みつき、締めつけ、アーム先端の鋭利な針が彼女の体を切り刻んだ。血がほとばしり、痛みがさらに彼女をパニックに追い込み、事態はさらに悪くなった。

出血は激しくなり、コードは一層彼女の干からびた肉体に絡みつき、そしてやがて、その動きが止まった。叫びも顔の歪みも消えた。モニターの生命反応が停止した。すべてが、高速度撮影フィルムのようにゆっくりと……なす術もなく事態を見守る私の目の前で、蜘蛛の巣に捕らえられた虫けらのように……すべてはゆっくりと。

ふと、私は夢から覚めた。全身が汗ばんでいた。またこの夢を見た。何度も何度も。この同じ夢を見る。私はいつになったらこのことを忘れられるのだろう。いつになったらこの失敗から逃げられるのだろう……

私はベッドに横たわる彼女を見た。ガラス越しの治療筒などではなく、目の前に横たわる私の愛する人を見つめた。ユキ。彼女は熱で軽く汗ばんでいる。かわいそうに。

私は愛を知っている。私は異性を愛するということを知っている。かわいそうなユキ。病に苦しみながら横たわるこの少女の何といとおしいことか。どれほど彼女を愛していることか。私は何もできない苛立ちと、少しばかりナルシスティックな満足感にひたっている。

「違う！　これは違う！」まだ夢を見ているのか。これは違う。ちゃんと目を覚ませ。これは何かの間違いだ！　ほら！　彼女は笑っている。ほらこちらに、僕に笑いかけている。いや、違う。泣いている……なぜ？……ああ、なんていうことだ。なんて大きな腹をしているのだ。おまえの腹はどんどん大きくなっていく。おまえはいったい……何が起こったのだ。いったいどうしたというのだ。

おまえは何物だ。その腹はいったい何だ。まるでワニの腹だ。ぶよぶよとふくれて何かが蠢いている。おまえに何が起こったんだ。……笑っているのか？　その涙はなんだ。

「違う！　違う！　やめてくれ！……叫ぶな！　俺の名を呼ぶな！」……おまえはユキじゃない。「ユキ！　ユキ！」ああ、その腹は……


「目が覚めましたかな？」

「あ、ドクター……」

「随分とうなされていましたね。汗びっしょりだ。看護婦に着替えを持ってこさせよう」

私は完全に夢から覚めた。そして思い出した。ここは21世紀の世界なのだ。今、目覚めた私の頭の中で私ははっきり気づいている。ここは21世紀なのだ。私は、また夢を見ていたのだ。ユキと、あの医師になったばかりの時代の失敗と。

私の時代でのつらい出来事と、この時代での悲しい出来事とが、錯綜《さくそう》して夢となって私を苦しめる。このサナトリウムに来てから、この21世紀の世界にやってきてから、何度も何度も……。

私は、眠りながらひどく叫んでいたらしい。心配したスタッフが、ドクターを呼んだようだ。ベッドに横たわる私の傍らに、彼はいつものように静かに椅子に腰を下ろし、私を見、語りかけてきた。

「大丈夫ですか？」

「いつも同じ夢です。どうしても忘れられないのです」

「何度も彼女の名前を叫んでいましたね」

ドクターの穏やかな声が、私を癒すように包んで来た。

「え？……ああ、そうです、ユキの夢です。……先生、ユキはどうしているんです」

「彼女は無事出産しましたよ」

「ブジシュッサン？」

「そう。子を生んだのです」

「コヲウンダ？」

「ええ、そうです。子を生んだのです。あなたにはわからないかもしれないが……」

「コヲ？……ウンダ？」

私にとってこの時代は、不思議なことに満ちている。シュッサン、コヲウム……不思議で耳慣れない言葉だ……。


「この部屋は、夢に出てくる部屋とそっくりです」

私は起き上がり、ベッドに腰掛け、看護婦の持ってきた衣類に着替えようと、パジャマを脱いだ。着替えを持ってきた看護婦が、ぐっしょりと汗に濡れた背中を拭いてくれた。

「そうですか。ま、どこもこの時代の病室はこんなものですが」

「ねえ、ドクター、あなたはいつもそんな感じで、なんていうか、どっしりと落ち着いていて、自信に満ちているって感じですが……、あなたには忘れられない失敗というのはないのですか？　夢にうなされるような」

「もちろん……ありますよ」

「そうですよね。誰だって一度や二度は……仕方ないことですよね。でも、ドクター、彼女は何だったのです？　それがわからないのです。あんなことは初めてですよ。いったい、……私がいけなかったのでしょうか？」

「彼女は、妊娠していたのです。あなたのせいではありませんよ。出産の不安に耐えられなかったのです。初めてで、怖かったのでしょう」

「ニンシン？……またわからない言葉だ。……彼女が不安だったということはわかります。私も、一応は医者の端くれですから。でも、彼女のあの姿は異様だった。あの腹のふくらみは……まるで、何というか……それにあの激しさ、あれはまるでケモノのようで、まるで……」

「あなたは、要するに妊娠を知らないからなのですよ。人間がケモノだということも。まあ、今日はここらへんにしましょう。……どうです、散歩にでも行きませんか？」

看護婦が私の着替えを腕に抱え、奇妙なものを見るように私を見つめ、立っていた。

そう、散歩に出よう。夢に別れるために。私はそう決めて立ち上がり、ドクターの後について部屋を出た。私が立ち上がったあとのベッドを整えながら、看護婦が軽くため息をつき、少しだけ首を振るのが見えた。

第2章　ヨシト

サナトリウムの病棟の前には円形の大きな花壇があり、その周囲を囲むロータリー状の道から、病棟とは直角に、欅《けやき》の並木道がまっすぐに延びていた。道の両側には高くそびえ立つ欅が連なり、その繊細な枝を大きく広げた姿は、伸びやかな美しさを見せていた。50メートルほど歩くと、道は、ゆるやかに右にカーブしながらゆっくりと下っていった。両側の欅並木の後ろには、人の背丈の倍ほどの高さの雑木林が続いていた。道の左手は木々の重なりで視界が遮られていたが、右手には、重なる枝の間から、この道の先にあると思われる、湖の青い湖面が見えていた。

悪夢から覚めたヨシトとドクターは、しばらく会話も交わさずに歩いた。時折すれ違う患者や付き添いの看護婦たちと軽く挨拶を交わす以外は、2人とも黙って歩いた。10分近くも歩いた頃、病棟の姿はまったく見えなくなり、右手に平らな芝の広がりと、その向こうに、先ほど木々の隙間から見え隠れしていた小さな湖が現れた。湖水につながる芝生にはあちこちにベンチが置いてあり、看護婦や看護士に付き添われて、患者たちが憩っていた。

二人は芝の真ん中を横切る細い道を通って、湖畔の周囲に作られた散策路に向かった。所々で患者たちのいさかいがあった。その声が耳に響き、ヨシトの神経を刺激したが、彼以外の誰も、ドクターも看護師たちも、そんなことはまったく気に止めていないようだった。

ヨシトはそんな周囲の状態が絶えず気になり、患者たちをさせるがままにしている医師や看護師たちに少し苛立ちを覚えていた。そして、ふと、ユキのことを思った。ユキもまだ、ここにいる患者たちと同じようにしているのだろうか？

「ユキは、元気にしているのでしょうか？」

自分に問い掛けるようにヨシトはつぶやいた。

「ええ、元気ですよ。もうすっかり。子供と一緒に育児棟で生活しています」

ドクターが、待ち構えたように穏やかに答えた。

「そうですか……」

意外な回答に戸惑いながら、ヨシトはそう答えるのがやっとだった。あれほどに混乱していた彼女が、大きく腹部を腫らして苦しそうだった彼女が、今は元気にしていることがひどく驚きだった。そして、ヨシトは力なく立ち止まった。ドクターも、付き添いの医師さながらに、さりげなく立ち止まった。

立ち止まった彼らの5、6メートル先に、一人の男が足を組み、両腕をL字型に挙げたまま、芝の上に腰をおろしていた。春先とはいえこの寒さの中、その男はほとんど何も身につけていなかった。ヨシトは惹きつけられるようにその男を見つめた。

彼はぴくりとも体を動かさなかった。ヨシトは振り向いてドクターを見た。彼もその男の方を見ていた。そして、「やはり興味を持ちましたね」とでも言うような表情でヨシトの方を見やり、それから、何か気になることでもあるのか、

「彼は木なのです」

と言い残して、その男の方に歩いていった。

その言葉につられてヨシトが彼についてくることを、十分に計算した上でのことに思えた。そして、ヨシトはドクターの後をついていった。

ドクターはその「木」の男の背中の方に回って、何かを点検するように眺めていた。よく見ると、男の首の付け根に細いチューブが出ているのが見えた。

その中を黄色い液体が流れていて、チューブの先には同じ黄色い液が入っている透明な瓶があった。2リットルは入っているだろうと思われるほど大きな瓶だった。瓶のすぐ横にはポンプらしきものがあり、低い運転音を出していた。

「中心静脈栄養ですよ。この時代では最新の方法です」

ドクターは瓶の中の液量を確認しながらつぶやくように言った。

「不潔な感じですね。感染予防はどうしているんです？」

ヨシトは、つられるように医者らしく尋ねた。

「ここです」

ドクターは、その男の首の付け根、チューブが皮膚に入り込んでいる場所を指し示した。そこには、チューブの刺入部全体を被うように、皮膚と同じ色のフィルムが張り付けてあった。フィルムの下には、人差し指と親指で作った輪ほどの大きさの盛り上がりがあり、チューブが折り曲がったりしないように、クッションのようなものがあてがわれていた。

「空気からはほぼ完全に密封されています。そしてこの盛り上がったところに殺菌剤が入っていて、これを毎週一回交換しています。もちろん完璧とは言えませんが、この一年半の間に問題は一度もありませんでした」

「一年半⁉……ということは、一年半もの間、この男はこうしているのですか？」

ヨシトは、思わずその男の顔を見つめた。

「そうですよ。彼は木なのですから」

ドクターは微笑みながらそう答えた。

「私は、なぜ今まで気づかなかったのだろう。今まで何度も、見ていたはずですよね？」

ヨシトは困惑してたずねた。

ドクターは微笑んだまま、やさしさのあふれる穏やかな声で答えた。

「あの頃、あなたはユキしか見ていなかったからです。ずっと……」

ヨシトは、改めてその男の顔を見た。その、見つめているあいだ中、1分以上もあったと思われるが、「木」は瞬《まばた》き一つしなかった。裸の皮膚は、すっかり日焼けして褐色で分厚く、皺だらけで堅くなっていた。

　言われてみれば木の表面を被う樹皮のようでもあった。股間や脚に密生している体毛も細いひげ根のようだった。しかし、おそらく看護と栄養管理が行き届いているのだろう、肌はつやも良く清潔に保たれていた。

「彼がここに来たのはもう5年前になります。何があったのか、身内の者や知人が誰もいず、道端で倒れていたのを警官に保護されて、何を聞いても答えない代わりに時折うめき声を上げるだけで、振る舞いも理解しがたいところがあったので、ここに連れてこられたのです」

「木」の体を細かく診察しながら、ドクターは説明し始めた。

「最初は衰弱がひどい上に、体を硬直させたまま、幻聴がひどくて、それに振り回されてだと思いますが、突然了解しがたい言動に出るばかりでした。仕方なく隔離室で管理されていたのですが、元々生命力は強かったのでしょう、すぐに体力が戻り、それとともに精神症状も良くなって、総室に移って散歩するようにまでなりました」

ドクターは独り言のように語りながら、あぐら座になっている「木」の左の膝を持ち上げた。「木」は驚く様子も見せず、目を開いたまま、まるで彫刻のように右に傾いた。適度に長い、おそらく看護師たちによってよく手入れされているのだろう、肩ほどにかかる髪の毛だけが少し揺らいだ。

「少し、うっ血はしていますがね、臀部《でんぶ》にも褥創《じょくそう》もできていませんよ」

ドクターは「木」を元に戻し、話を続けた。

「散歩に出ても、最初はベンチに座ってじっとしているばかりだったのですが、そのうちに、あそこにある、あの欅の木をじっと眺めているようになりました。そして今から一年半前の夏、突然今のような形になってじっと動かなくなってしまったのです。最初はまた病状が悪化したのではないかと思いました。鎮静剤を注射して、眠らせて病室に戻していました。でも、そうしても翌日にはまた散歩に出て、今いるあの場所に行き、こういう状態になってしまうんです。そういうことを、一ヶ月近くは繰り返していましたかね。

さすがに我々も気がついたわけです。彼は、つまり、幻聴に支配されているわけでもなく、情動が不安定で落ち着かない状態になっているわけでもなく、つまり『病気』の状態なのではなく、『木』になったのだとね」

白衣の両ポケットに手をつっこみながら話し続けていたドクターは、「木」に優しく微笑みかけた。

「後は簡単でした。我々はこの『木』を育てることに決めたのです。手のかかる熱帯観葉植物みたいなものです。水の代わりにこうして中心静脈栄養を与え、いつも清潔にしてやって、植木鉢の木のように夜は部屋に入れてやるわけです。冬はサンルームで、陽に当ててやるようにしています。彼は、すっかり落ち着いて良い表情になりました。これでいいのだと私たちは思っています。薬も与えていません。『木』に精神安定剤はいりませんからね」

そう言うとドクターはポケットから手を出し、不器用に、しかしいかにも愛情のこもった動作で彼の髪の毛を整えてやった。それから、ヨシトに目で合図をして「木」から立ち去ろうとした。ヨシトは「木」に心を奪われ、立ち去り難かった。ふと、ドクターの白衣のすそが、風にあおられ、「木」の顔に触れた。それに気づいたドクターは振り返り、「木」にわびるように、軽く会釈をした。

その時、ゆっくりと、「木」が、本当にゆっくりと、目を閉じた。それは、ドクターのわびへの返事のように見えた。それはほんの一瞬の、しかし、無限に長い一瞬を思わせる、ゆっくりとした動きだった。

ドクターは、ヨシトの怪訝そうな顔を見て、微笑みながら軽く首を横に振った。錯覚ではないと言っているようだった。その目は、うれしそうに少しうるんで見えた。

ドクターを見つめていると、ヨシトはこみ上げてくる激しい感動に胸が弾むように思えた。涙がドクターの目にみられる以上に、ヨシトの目にあふれてくるように思えた。彼の顔がにじんで見えた。こんな喜びに満ちた激しい胸の動きは、いったいいつ以来だろうと思った。彼はあの日のことを思い出した。

それは彼がまだ、彼の時代の生育コロニーにいた頃に初めて見た、「雪の日」のことだった。

ヨシトはコロニーの中を走り回っていた。コロニーは巨大なドーナツ状をしていた。内側にはガラス窓が等間隔に作られ、コロニーの中心にある大きな公園が見えるようになっていた。公園を突き抜けて、ドーナツ状のちょうど反対側にあるはずの窓は、微かにも見ることができなかった。それほどこのコロニーは巨大なものだった。

ヨシトが5歳になった頃だった。5歳の小さな体の彼には、このコロニーは探検しても尽くすことができないほどに大きく思えた。毎日彼は、とにかくあちこち、好奇心にまかせて走り回っていた。今、中央の公園は美しい緑にあふれていた。

ふと、ヨシトは走るのをやめて窓に駆け寄った。一緒に走っていた子供たちも同じように一斉に窓に走り寄り、そして歓声をあげた。

「雪だ！」

誰かが叫んだ。

「そうだ雪だ。これは雪だ。先生の言っていた雪だ」

(雪だ、これが雪だ、すごい、すごい) ヨシトも心の中で叫んだ。

雪は、雲ひとつなく晴れわたり、陽の光にあふれた真っ青な空から、少しずつ舞い落ち始めた。そしてあっという間に、その空の青さを埋め尽くすように激しく降り注いだ。みずみずしい緑に満ちあふれ、幾つもの色の花が咲き乱れている公園は、見る間に雪に埋もれていった。

真紅や青紫色の花に降りそそぐ白い雪は、たとえようもなく美しく、その色彩のコントラストが、雪の白さをいっそう引き立てていた。雪に埋め尽くされるまでの間、あちらこちらに残された緑の葉や土の色、そして花の、赤や黄色、薄紫、濃紫、オレンジ色や深い青。それらは公園中に散りばめられた宝石のように、美しかった。

すべての色が、雪に埋もれ、白く隠された時、雪がすっと舞い落ちるのを止めた。子供たちは息を潜めた。すると今度は、青一色に晴れ渡った空から、強烈な陽射しが降り注ぎ始めた。雪はいっせいに蒸発し始め、公園中が蒸気に満ちあふれ、淡い霧の中に埋もれていった。

霧がすべてを包もうとした時、今度はそれが徐々に薄れていき、少しずつ、木々の緑や花の色が、陽炎《かげろう》のように揺れながら姿を現し始めた。そうして、雪がすべてを埋め尽くしたのと、ほぼ同じくらいの時間が過ぎた時、公園はまた、前と同じ艶やかな色の世界に戻っていった。

全部で半時間にも満たないこの自然のショーを、子供たちはじっと息を潜めて見つめていた。ヨシトは、激しく胸が高まり、涙があふれ出てくるのを抑えられなかった。他の子供たちはお互いに全身でその感動を表現し合い、次の「雪の日」を楽しみにしながら名残惜しそうに元の遊びに戻っていった。ヨシトも涙をぬぐい、未練がましく窓を見やりながら、コロニー探検活動に戻っていった。

この時代、コロニーは美しかった。何もかもが美しかった……。

「人類は猿が進化したものではない。この中枢神経のこの部分、すなわち終脳が定向的に進化したものなのだ。そして、ここに精神が生まれヒトは精神的な存在となった。ヒトは肉体から生まれ、肉体の中に生命を得、しかしそこから精神を生み出したのだ。故に、この精神こそが、人間への可能性を持つ。つまり、この脳のこの発達した終脳、それこそが人間への可能性なのだ。

精神は自由である。精神は何者にでもなり得る。我々はヒトにもなり得る、獣にもなり得る、そして植物にもなり得るのだ。我々はライオンになろうと思えばライオンとなる。この部屋にはびこる、あのカビになろうと思えばカビになるだろう。すなわち、我々は元から人間だったわけではないのだ。我々は精神なのだ。単に精神そのものなのだ。そして、その精神が人間であることを選ぶ時、その時のみ我々は人間となる。それ故……」

それ故、我々は人間になるべく常に努力を続けなければならない。なぜなら、精神にとって、人間こそがもっとも安定した存在の姿だから……。

ヨシトは暗唱するように、続きを小声でつぶやいた。

（でも、本当にそうなのだろうか？）いつもそんな疑問を抱きながら……。

講義室の自分用のモニターを一時停止させ、ヨシトはぼんやりとシェルタードームの外に目をやった。成人となり、医師となったヨシトは、地上のシェルタードーム内医学部の講義室に居た。

地下に作られたコロニーが天国を思わせるとするなら、地上は地獄を思わせた。外はいつもと同じ、重く分厚い雲が空を覆っていた。地熱発電用の巨大な4本の塔がそびえ立ち、そこから真っ白な蒸気が上昇し続けている。その向こうには、おそらく1世紀以上昔に使われなくなった、山肌一面に広がる太陽電池発電用の膨大な施設が、廃墟となって広がっていた。

壊れた無数の電池からは今も重金属が流れだし、一本の樹木も生えなくなってしまった広大な山肌に吸い込まれ続けていた。その小高い山のさらに向こう側には、閉鎖された原子力発電施設があり、その残骸から今も放射線が周囲を汚染し続けていた。地熱発電施設は熱バランスを崩し、その一帯に常に上昇気流を起こし、汚染された雨を降らし続けていた。

講義室の他のモニターブースでは、ヨシトと同じく選別され、医師となるべく運命づけられた者たちが、モニターで講義を受けていた。ヨシトは講義に戻るべく、モニターの一時停止を解除した。

ヨシトの時代、人々は15歳の成人式を迎えるまで、皆、コロニーで生活した。3歳になるまでは、ひとりの母が3人の子供たちの面倒を見た。年令は1歳ずつ離れていて、ひとりが4歳になると、次の「姉の時期」に移され、生まれたばかりの子供がひとり新しく加わった。「姉の時期」は10歳まで続き、成人式までのさらに次の5年間は「兄の時期」になった。

「姉の時期」は4人にひとりの姉がいて、4人が一つの部屋で育った。「兄の時期」には6人が一つの単位になった。女子と男子とはいつも半分ずつになっていた。グループの構成は遺伝子系列に従い、いくつかの性格傾向がバランスをとれるように組まれていた。そうして、生育の過程で、全員が適度に穏やかさを持ち、適度に攻撃性を持ち、適度な社会適応力を身につけるように仕組まれていた。不都合な性格傾向を有する遺伝子系列は、処理されていた。不都合な突然変異体も。

生産はきちんとコントロールされていたから、人口は常に過不足なく一定を保っていた。

「姉の時期」から少しずつ知識の教育が始まった。国語、数学、工学、生物学、物理学、表現学が学ばれた。生物学は、医師として選別されるほとんどの子供がそうであるように、ヨシトにはいちばん興味を覚えさせた。発生学が中心であった。

「我々が、中枢神経系の定向的に発達した生物であることによって、胎児期に於いてきわめて原始的な刺激、環境からの情報が記憶され、原始から今に至るまでの中枢神経系の発達にともなった刺激が、少しずつ神経の経路を決定し、それにともなった記憶が積み重ねられる。記憶とはイメージや言語のみではない。この宇宙とつながるすべての種類のエネルギーの動き、電磁場、重力場の動きが神経のネットワークを決定し、記憶となる。この記憶された無意識が我々の感情を左右する。無意識の怒り、捉えようのない悲しみ、抑えがたいわけのわからない衝動や歓喜。

このような刺激の一つ一つと、それによって作られる記憶との関係が、解明されてから
まだ100年も経ってはいない。が、我々はそれをコントロールする方法を発見した。我々は、すべての種類の刺激がコントロールされ、常に安定した一定の環境となり得る、生育器でヒトを生み出すことに成功した。これは画期的かつ偉大な発見だった。遺伝子をすべて解明しコントロールするよりも、はるかに容易で簡便であり、コストも安く……」

子供たちが、この言葉の本当の意味を理解するようになるのは、ずっと後のことである。様々の知的能力、感情的安定性、運動能力を有する遺伝子系列も、わずか100に満たない都合の良い系列だけが選別されて繁殖を許された。他の遺伝子系列は見つかり次第、すべて、標本として保存された。

さらに個々の胎児は、完全に管理されたまったく同一の環境の飼育器で生み出され、その期間も280日と決められていた。そうすることで、「胎児期の原始」を追体験する様々な宇宙的な場の記憶は、どの胎児も同一のものとなった。そうすることで、都合の悪い、きわめて厄介な衝動性や原初的感情を、完全にではないが、かなりの部分取り除くことに成功した。

だから、コロニーは常に穏やかだった。争いのない平和な世界だった。何もかもが平和

で穏やかだった。

15歳の成人式の日、ヨシトの運命が決定された日、その日もコロニーの公園には雪が降っていた。ヨシトは雪が積もっていくのを見つめながら、成人式の部屋に向かった。ヨシトと同じ年に生まれた子供たちは、きっちり1万人、5千人が女、5千人が男だった。

その日、彼らは順番に100人ずつエレベーターに乗り、初めて地上に向かった。

それは、わくわくする長い時間だった。母や姉や兄のように美しいスキンスーツを身につける日が、ついに来たのだ。淡く黄金色に輝き、美しい体の線をいつまでもきっちりと保持し続けるスキンスーツ。それは、すべての子供たちの憧れであり、地上を知らない子供たちにとって、地下のコロニーの美しさの、その到達点を示す象徴でもあった。

まれに、スキンスーツからわずかに露出した眼と口が、奇妙に歪み、思いもしない肉体の醜い影をさらけ出すことがあるが、それもほとんどは、わずかな瞬間でしかなく、子供たちの記憶に留まることのないものだった。そして、スキンスーツを身につけた大人たちは、子供たちの前では特に、目を輝かせ、唇をやさしくたわませていた。

ヨシトたちの期待と違って、しかし、その日はそのまますぐに地上に出るのではなかった。地上の直下にある成人式会場へと彼らは導かれていった。

エレベーター、というよりも垂直に走り登る列車の車内のように、それぞれのシートに腰掛け、美しい風景と音楽の流れる前方のスクリーンをながめながら、10分近くも過ぎた頃、彼らは成人式会場に着いた。

前方のスクリーンが開き通路が現れた。が、それは今までのコロニーの通路や回廊と何の変わりもないものだった。少し期待を裏切られながら、彼らはエレベーターを出た。そこにはスキンスーツ姿の年長の案内人と、黒いマントに全身を包み、顔を覆った不気味な人間が立っていた。

子供たちはその無気味な姿を気味悪そうに眺め、ひそひそと話し合った。あれはいったい何？　僕たちと同じ人間なの？　何をしているの？……ヨシトもできるだけその人を見ないようにしながら、しかし、どこか記憶の片隅にそんな姿があったような気がして、妙な懐かしさを覚えながら他の少年たちについて前へ歩いた。

それでもなんとなく気になり、その男をチラチラと見やりながら、だが、どう見ても異様で、不気味な恐怖感を抱かせるその姿をずっと見続けることは出来ず、なるだけ美しい案内人の方を見るように努めた。ふと、彼女と目が合った。彼女が優しく微笑んだ。

ヨシトは思い出した。あの目を覚えている。生まれて初めて出会った優しく穏やかな灰色がかったその目を、ヨシトは忘れることはなかった。彼女は確かに、彼が4歳になるまでの「母」だった。急に懐かしさがこみ上げ、ヨシトは彼女に近寄り挨拶をした。

「今日は、お母さん。お久しぶりです」

そして、一緒に来ていたコロニーの仲間に言った。

「ほら、僕らのお母さんの人だよ」

呼びかけられた女性はびっくりしたようにヨシトを見つめた。コロニーの仲間もヨシトのことを、いったい何を言っているのだというように、不思議そうに見つめた。そして、あの不気味な黒マントの人間が、鋭い目をヨシトに向けた。

ヨシトはそれに気づき、その男の方を見た。目と目が合った。ヨシトはその人の目にも見覚えがあった。思い出した。やはりそうだ。それで、なんとなく懐かしさを覚えたのだ。

「ああ、あなたは先生じゃないですか。僕が4つの時に、最初に健康診断をしてくれた。そう言えばあの時もあなたはそんな格好をなさってましたよね」

ヨシトはそう言うと、懐かしそうに笑いかけた。

先生と言われた男は、ヨシトをまじまじと見つめ返しながら、低い声でゆっくりと語りかけた。

「君は、私のことを覚えているのか？」

ヨシトは頷いた。が、その男はむしろ、少し哀れむような悲しげな眼をしながらヨシトを見つめ返した。そして
「そうか」

とさらに低く、ため息のようにつぶやき、それ以上の言葉を発することもなく、黙って、ヨシトに先に進むように促した。

案内人の「母」はなるほどと納得した顔をして、子供たちの先頭に向かった。他の子どもたちは何かよくわからず、不思議な者を見るようにヨシトを見つめ、彼女の後についていった。ヨシトも何かバツの悪いことを言ってしまったような、少し後ろめたいような気持ちを抱きながら、彼らの後に続いた。

そのまま案内人の「母」に導かれ、まっすぐに進むと、通路は次第に狭く低くなり、同時に、暗くなった。暗くなるに従い、通路の壁の色がコロニーと同じ淡い紫色から、赤みを帯びた褐色へと少しずつ変わっていった。子供たちは次第にざわつき始めた。さらに進

むと、今度は天井や壁の形が変化し始めた。全体に丸みを帯び、表面も濡れたような艶《つや》やかさを見せるようになった。

そんな風に、壁や天井の色や形の変化に気をとられながら、数分歩いた頃、彼らは突然広い円形の広場に出た。そこは、100人の子供たちでちょうどいっぱいになるくらいの広さだった。壁の色や表面の状態は今通ってきた通路よりも、もう少し明るい感じがした。天井は高くドームのようになっていた。子供たちはその明るさと広さのせいか今までの緊張感から解き放され、不安げなざわめきは、くつろいだ賑やかさに変わり、時折、元気な笑い声さえも起きるようになった。

しかし、ヨシトは違った。なんともいえない不安感がいつまでも消えず、少しずつ胸の鼓動が大きく、荒くなっていくのを感じていた。何故なのか、何かどこかに彼を不安にさせるようなものがあるのだろうかとあたりを見回し、考えを巡らしたが、見つけだすことはできなかった。

ふと、先ほどの黒いマント姿の医師が、暗い目でじっとヨシトを見つめているのに気づいた。これがその原因なのか。でも何故、彼は執拗にヨシトのことを見つめているのだろう。そう思うと胸の動悸はよけいに高まり、口の中が渇き始め、手の平が冷たく濡れ、息苦しささえ感じるようになってきた。

その間にも成人式は予定どおり進んでいた。子供たちはもう一度順番に整列し直され、きちんと正面を向くように指示された。皆は再び静まり返り、きれいに列を整え合い、全員が言われたように正面を見据えた。全員が整列し終わると、一瞬の静寂が訪れ、と同時に、突き当たりの壁の一部がゆっくりと音もなく開き始めた。すると、2メートルほどの直径を持つ円形の入り口が現れた。

入り口から見える奥の方に、高さが人の5、6倍もありそうな巨大な銀色に輝く円錐形の塔があり、その先端に、一定のリズムでかすかに収縮を繰り返すクリーム色の丸い物体がゆっくりと回転しているのが見えた。丸い入り口からその塔までは分厚い絨毯《じゅうたん》の敷かれた幅2メートルほどの通路があり、通路の両側には、座り心地の良さそうなゆったりとした椅子が整然と並べられていた。子供たちは興味深げに辺りを見回しながら、その通路を案内人の「母」に導かれ、塔の方へと歩いていった。

部屋は細長い巨大なドーム状をしており、壁と天井とは仕切りがなくつながり、長い筒の内部にいるような形になっていた。その表面はしっとりとして、濡れたような赤茶色の、波打つ肉のようなもので被われていた。そして、かすかに拍動しているように、壁と天井の全体が、微妙に上下動して見えた。

やや不気味なこの巨大な部屋の雰囲気に、最初は少し驚きの声をあげていた子供たちも、やがてその雰囲気に慣れ、順番に、おとなしく、それぞれの椅子に腰掛けて「母」の指示を待った。

ヨシトは、しかし、いつまでも落ち着くことが出来なかった。彼はずっと胸の動悸を感じていた。そして、それが、次第にこの部屋全体の拍動に同調していくのを感じ始めていた。気がつくと、赤茶色の肉肌のような壁や天井がどくんどくんと脈打ち、それが自分の心臓の鼓動に合わさってくるように思え、また、その逆に、自分の心臓の鼓動がこの部屋全体の拍動に吸い寄せられていくように思えた。

少しずつその違いがわからなくなり、ついには両者は一体化し、その拍動が一層激しくなっていった。ヨシトは、軽いめまいを感じながら自分の席に着いた。

儀式はすでに始まっていた。子供たちは一人一人通路に出て前に進み、塔の一番下、人ひとりがやっと通れる高さの扉の向こうに入っていった。そこで何が行われているのか、子供たちは何も知らされていず、また何も見ることはできなかった。

しかし、そこでの何かしらの儀式が終われば、子供たちは晴れて大人となることが認められ、この巨大な会場から出て、あこがれのスキンスーツに身を包むことが出来るのだった。そのことだけは知らされていた。そしてそのことが、皆の目を輝かせていた。

ヨシトは、塔の頂上にある物体を眺めた。遠くからはそれが何であるかわからなかったが、今はよくわかった。それは巨大な人間の脳だった。そして、それはたった今取り出してきたばかりのように、生々しく、美しく、拍動を続けていた。

儀式は淡々と進んだ。何の問題も無く、実に速やかに、あっという間にヨシトの腰掛けている列の順番までやってきた。ヨシトは胸の動悸を鎮めようと、何度もゆっくりと深呼吸を試みた。周囲を見渡すと、他の子供たちはこれから起こるであろう出来事に対する期待で、目を輝かせていた。にもかかわらず、ヨシトの動悸は治まるどころか、むしろ一層大きくなり、やがてこの建物全体が彼の胸の鼓動に重なり、共振し、拍動していくように思えた。

赤い肉色の壁は浮き上がるように脈打ち、はっきりと聞きとれるほどにドクンドクンと音を立て始め、それと共に壁全体がヨシトに向かってせり出し、覆い被さってくるのを感じた。ヨシトは、ふらつきながら立ち上がった。彼の順番が来たことを知らされたためだが、彼は、自分の意識自体がこの建物の拍動に吸い寄せられ、薄れていくのを感じ始めていた。

　消えかかる意識を取り戻そうと必死に戦いながら前へ進み、儀式の行われている部屋へと歩を進めた。途中、彼は引き寄せられるように塔の頂上を見上げた。巨大な脳は拍動を繰り返し、その美しさが彼を勇気づけた。

　口の渇きを癒そうと唾を飲み込もうとすると、喉がひきつった。手ににじんだ汗を衣服にこすりつけ、夢の中のように揺らぐ地面の上を、ただひたすら扉の方に歩いていった。扉は音もなく開き、ヨシトが中に入ると、また音もなく閉じた。

　中は、この大きな建物全体の縮尺模型のように、同じドーム状をした小さな部屋であった。肉色の壁が、ここでもやはりゆっくりと拍動を繰り返していた。あの、ヨシトをじっと見つめていた黒いマントの医師と、同じ姿をした男たちが3人、部屋の奥の分厚く広いテーブルの向こうに腰をかけ、ヨシトの入ってくるのを見つめていた。ドアの近くに立つ、もう一人の医師がヨシトを促し、ヨシトは軽く押し出されるようにテーブルの方へ2歩、3歩と歩いていった。

　テーブルの前にまで来た時、ヨシトは、その上に、人のこぶし大ほどの肉塊が置いてあるのに気づいた。それは、今取り出してきたばかりのようにみずみずしい赤い血にまみれ、そしてやはり、拍動していた。肉色の壁や塔の上の巨大な脳のいずれの拍動よりも、それは力強く、リズミカルで生き生きとしているように見えた。

ヨシトはその肉塊の形に見覚えがあった。4歳頃に習ったことがあり、そのイメージがとても強かったので忘れられなかったものだった。その後、脳のことについては繰り返し教わったが、これについてはまったく教わることもなく忘れかけていたものだった。

魅入られたように見つめていたヨシトに、テーブルの向こうに座っている医師の一人が、低い抑揚のない声でゆっくりと尋ねた。

「それに、見覚えがあるのですね」

ヨシトはあやつられるように、もうろうとして答えた。

「はい」

医師は、しばらく間を置いてから、また低い抑揚のない声で尋ねた。

「何ですか、それは」

ヨシトは、つられるようにぼんやりと答えた。

「心臓だと思います。ヒトの……」

医師は少し間を置いて、ため息のように低く短く呻いた後、うなずきながら命じた。

「なるほど。……では、それを手にとって下さい」

言われるままにヨシトは、ゆっくりと、たくましく拍動を続けるその心臓を両手で持ち上げた。が、手にとったその瞬間、肉塊は、ただダラリとヨシトの両手の中に収まった。色は死んだ肉の塊の色、この建物の壁の色と同じ赤茶色に変わり、生温かさだけが両手に滲み込んできた。

奇妙な感触がヨシトの両手に伝わり、それがあっという間に腕の中を立ち登ってきた。不気味な生ぬるさが、腕の付け根から体の中に入り込んできた。そう感じた時、ヨシトの胸は、いままでになく激しく脈打ち、腹の中からこみ上げてくる塊が突然口にあふれ、鼻の粘膜を激しく刺激し、異様な臭いと共に口の中から吹き出した。

ヨシトは、吐き気と嘔吐を、何度も、息ができないほどに繰り返し、部屋を包む肉色の壁と、手に持った心臓と、そしてヨシトの心臓と脳と、そのすべてが同時に激しく共振し拍動するのを感じながら、意識を失い倒れ込んでいった。薄れていく意識の中で、一人の医師のささやく声が聞こえた。

「君は、我々の仲間であることが判別された。気の毒だが、……」

こうしてヨシトは、10年以上前のことも記憶してしまう、突然変異体であることが判別された。ほぼ完全な旧人類であること。必要なことを繰り返し学習しなくてもよい代わりに、他の人々のようにスキンスーツを着て、この辛い世界を幻影と共に生きることはできない、古代の人間であること。

その代わり、他の人々に知らせることのできない、幻影ではない人間の姿や進化の過程を知ることができ、その知識を効率よく蓄積し、速やかに用いることができる。そういう先祖返りであること。そう、判別された。

こうして彼は、医師になることを義務づけられた。

ヨシトと同じ世代の1万人の中から、この時も5人の変異体が判別された。毎年、この程度の数の変異体が見つけだされる。可能な限り突然変異体をチェックした後に、どうしても残される、最後の、先祖返りの変異体。

それを判別することが、この時代の「成人式」であった。

変異体は、4歳になるまでの「母」を覚えている。変異体は、4歳の時の医師を覚えている。そして、変異体は10年以上前に教わり、その後一度も教えられていない「心臓」を覚えている。その肉の感触に反応する。この時代の〝正常者〟は、肉の感触には反応せず、「心臓」を眺め回す。もちろんそれが何であるかを覚えてはいない。この時代の正常者は10年以上前のことを記憶していない。この時代の正常者の脳は、10年ごとに完全に入れ替わり、記憶を作り直している。肉体的な生々しい感覚を、記憶し続けることができないのだ。

判別された変異体の中で、しかし、精神的に正常であるとみなすことのできるのはその中の1人か0かである。ヨシトの時も彼だけだった。そして他の4人は、治療船に送られた……。

「何をぼんやりと考えているんですか?」

ドクターの穏やかな声に、ヨシトは我に帰った。

「木」にショックを受け、あの雪の日を思い出し、ヨシトは自分の時代の日々に思いをはせていた。今、彼は21世紀にいる。そこでも彼は、次々に不思議な出来事に出会っている。

「この時代は、ドクター、どうやって子孫を増やしているのです」

「もちろん、男と女の性交渉があって、妊娠して……」

「セイコウショウ？……ニンシン……というのは、この前も聞きましたよね？　なんなのですか？　それは……」

「あなた方は、医師でも、そういうことの教育は受けていないのですか？」

「私たちは、生産を完全にコントロールしています。胎児飼育巣は重力場や磁場の影響もすべてコントロールしています。ですから胎児期からの記憶はすべてコントロールできます。これは私たちの時代の成果です。突然変異、つまり私みたいな者は、1万人に3人から5人はどうしても出てしまいますが、しかし、全体的にはよくコントロールできていると思います」

「あなたは、ユキの腹が腫れていったことを知っていますね？」

「ええ、それもお伺いしたかったことです。あれは腹水でも、腫瘍でもないですね。私が恐ろしかったのは、彼女の腹の中に何か蠢くものがあったことです。あれは明らかに何か、別の生き物のようでした。あんなものは見たこともなかった。私の時代では、見たこともない病気でした」

「あれはね、胎児なのですよ。腹の中に胎児がいたのですよ」

「……まさか！……胎児が、人間の腹部に発生する？　そんなおそろしい病気があるのですか？」

「それがニンシンなのです」

「……凄まじい病気ですね！　多いのですか、この時代には？……　その……ニンシン？という病気は？　どうやって治療するのですか？」

「……」


二人は、湖畔の散策路をゆっくりと歩いた。主にヨシトが、考えを巡らし、立ち止まり、質問をし、そしてまたゆっくりと歩いた。ドクターは穏やかな動きで、ヨシトの心の動き、ためらうような歩調、それに付き添うようにして、共に、散歩を続けた。

「記憶があるということを、つらいと思ったことはありませんか？　ドクター」

「私たちは皆、記憶がありますからね。それが当然と思っていますし……しかし、確かにつらい記憶というものも、あることはありますけど……」

「私は、他の者たちのように、記憶が10年ごとに消えていってくれたらと、つくづくそう思うことが多いです。私の時代は、生きるのがほんとに辛いと思っていました。変異体で、記憶が消えない私たちみたいなものは、特にね。

でも、この時代も、生きることはやはり、辛いのですね。きっとどの時代も……そうなのでしょうね。でも、あなた方は、記憶を抱えながら前を見て生きている。強い人たちだと思います。心から、そう思います。特に、あなたは。あなたは本当に、強い人なのでしょうね」

「さあ、どうでしょうか……私はむしろ、あなた方の技術に興味があります。未来の私たちがそんな技術を開発していたとは」

「あなた方が始めたのです。この臓器移植が一斉に花開いた時代に。あなた方の一部は、もう臓器ではなく細胞の分化・増殖をコントロールすることを考えていたのです。もし、胎児期の未分化な細胞から、自由に自分の体の部分を分化させることが出来れば、いつでも臓器が必要な時に自分の細胞で作れる、そうすればもう他人の臓器を移植する必要も、免疫抑制剤を使う必要もない……」

「確かに、そういうことは考えますよ、私も……ですが……そう簡単には……」

「時間さえかければ不可能ではなかったということです。実際に、私たちはそうしているのですから。病気になった臓器に、自由に、カテーテルを使って細胞移植をしているのです。だから私たちは、自分の体をいつでも新しい体に作り変えることができるのです。長い間、同じ若い肉体を持てるようになったのです。もし、私たちの環境さえあんな風でなければ。スキンスーツを必要としないような、皮膚を自由に晒すことのできるような大気だったら。私たちは、永遠の命を手に入れられるかもしれない。それは私たちの夢でした。

私たちは、子孫の生産をコントロールし、遺伝子を選ぶことで、穏やかな感情を手に入れ、激しい怒りや興奮で自滅することがなくなった。戦いや争いを消し去ることができた。しかし、それでも脳細胞は死んでいくのです。脳細胞は決して入れ替わらなかったから。記憶だけが残り、記憶が脳を満たし、老いる感覚を植えつけていくのです。覚えているということ、それはつまりは、老いていくということです。時の流れを知ってしまう、ということです。私たちが、どんなに肉体をよみがえらせても、脳だけは古くなっていく。記憶は、完全にフレッシュには入れ替わらないのです。

私たちは、だから、脳細胞が分裂して入れ替わるような、そんな遺伝子を持った個体を必死に探し出したのです。そして今、私たちの世界はその遺伝子を手に入れた。その遺伝子を持つ200種類ほどの人種だけを、生産増殖させています。子孫の生産を、胎児飼育巣で完全にコントロールできる技術を手に入れた、そのおかげです。私たちは皆、10年で脳の細胞が入れ替わるのです。爪が生え変わり、皮膚が新しくなるように。だから、私たちは10年以上前の記憶を持つことができません。持つ必要がないのです。そうして、私たちはやっと、肉体も精神もいつもフレッシュに入れ替えながら、生きていくことができるようになったのです。時間が、10年の周期で止まるのです……私のような、突然変異体を除いての話ですけど……」

ヨシトは、堰《せき》を切ったように彼の時代の姿を語り始めた。自分自身の姿を見つめなおそうとするように。

シェルタードームの外は、いつも薄暗い。空を覆う分厚い雲は、地表にわずかな光しか届かせない。地熱発電はすでに限界に達している。吹きすさぶ風が彼らの主要なエネルギーの源だ。風車と、重くうねる海や湖の波が、彼らに必要な電力の大半を与えてくれる。この電力が地下を明るくし、彼らに食料をもたらしてくれる。幸福な時間は地下にあり、地上は彼らの困難な作業所でしかない。

風力発電や波発電装置の修理保守点検の作業に、彼らは、日に4時間ずつ交代で従事する。ドーム外での作業のために、彼らは、自分たちの皮膚を有害な紫外線や放射線から守るスキンスーツを身につける。開発された当初は、きわめて分厚くごわごわとしてわずらわしいものであったスキンスーツは、改良されるに従い、薄くしなやかで、皮膚に密着して快適なものとなった。かすかに黄金色に輝くこのスーツは、人々に第二の皮膚のように愛され、今やなくてはならないものになった。このスキンスーツに包まれた大人たちの輝く姿は、子供時代のあこがれになった。

15歳になって成人になることは、幸福な地下のコロニーから暗い地上への旅立ちであった。だが、淡く金色に輝く大人たちの姿は、子供たちに夢を抱かせ、10年もすれば消えていく記憶は、子供たちが地上に出た後の苦痛をやわらげてくれる。幻影の中で生きていくことを可能にしてくれる。

医師としての教育訓練は、秘密裏に行われている。彼ら、「記憶を有する者」は、他の者たちから忌み嫌われている。古い遺伝子を持った先祖返りであり、何かおぞましいものであるから。

その代わり彼らは、知識を蓄えていくのに役立つ。いちいちデータベースから情報を引き出す手間をかけなくても、個人差はあるが、即座に情報を引き出すことができ、それを基にすばやい判断を下すことができる。緊急時にはきわめて好都合な存在である。また、何よりも経験の蓄積ということが可能である。10年以上にわたって積み重ねられた経験から、即座にその場で行動を起こすことができるのだから。

ヨシトの時代、既に医療は人工知性にゆだねられ、人間の出番はなくなっている。かつての内科、外科は過去のものであり、すべては人工知性が機械的に処理してくれる。ミスも皆無に近い。

彼ら、医師の仕事は、現時点では人工知性では処理できない精神的異常についてのみである。様々な原因で脳に異常を起こし、精神的に混乱をきたした者の治療と処置である。精神異常は、それを起こしやすい遺伝子が排除されているため、非常に少なくはなっていたが、それでも確実に存在する。

ドーム外での作業中に、事故で不幸にも脳を傷つけ、その障害がひどすぎて完全に回復させられなかった者。希に、治療の失敗で異常な回復をしてしまった者。突然変異体として出現した者。そして、これが一番多いのだが、強い精神的ショックを受けた者に起こるパニックである。

彼らは皆すべて、地上に出た瞬間に恐怖を体験する。地下のコロニーの美しい姿、そこで勝手に思い描いていた、スキンスーツに包まれた先輩たちの地上の姿。そのイメージと、初めて地上に出て体験した現実の姿との差は、あまりにも違いすぎる。激しいショックに襲われ、心に傷を作る。

やがて、記憶は変えられ、ショックを受けた時のありさまは忘れ去られていく。が、恐怖に伴うパニック反応、不安反応だけは、自律神経の記憶として残り、消えることが無い。この記憶だけは消すことができない。自律神経の記憶のメカニズムがいまだにわからないし、周期的に自律神経全体を、新しい神経細胞に置き換える方法をまだ手に入れていないから。そうして繰り返し、辛い経験やショックな出来事が、人々にパニックを起こさせ続けている。

確かに、パニック症状自体の治療は簡単である。「鎮静」をかけることで当面の問題は解決する。それでも効果のない時には、古代から存在する古い治療法である、カウンセリングが効果があるとされ、実行される。記憶を長く持てない者でも、その時その時に受けた心の傷は、薬だけでは癒しきれないことが多いからである。

だが、カウンセリング自体もさほどの効果をあげることはできない。それ故、最後の手段として、彼らは治療船に送られる。

治療船には二つの行き先がある。一つは偶然見つけられた過去への旅、21世紀のサナトリウムへの旅。もう一つは、彼らがアルカディアと名づけた、彼ら自身が作りだした時空間への旅だ。前者に、脳が障害された者、後者に、精神的ショックを受けカウンセリングでも改善させられなかった者たちが送られる。

心に傷を負った者たち。ヨシトたちの時代の、10年程度の記憶しか持っていない人間たちも、「過去の記憶」に悩む。ヨシトのような、記憶を有する者たちが子供時代の記憶を懐かしむように、彼が治療をしていた、10年の記憶しかない者も子供時代の記憶に悩む。最近に起こったつらい出来事に耐えられない自分を悩む時、彼らは必ず、子供の頃からの自分の生い立ちに原因を探ろうとする。彼らは自分の子供時代の経験が、心の傷になっていると語る。

彼らは子供時代を語る。ヨシトたち、医師からしてみたらそれは耐え難いことだ。ヨシトたちは確かに子供時代を覚えている。そしてカウンセリングを受けている彼らが語る、彼らの子供時代がまったく間違っていることも知っている。それなのに彼らは、彼らの悩みの源が子供時代にあると主張し、そのことを解決することが治療になるのだと言う。としたら、いったいヨシトたち、医師のしていることは何なのだろう。

彼にしろ、彼らにしろ、子供時代の記憶などというものは、作られているものでしかないということなのだろうか……。

ここまで話し続けた後、ヨシトはふいに語るのを止めた。そして思いにふけった。この私の記憶ですらそうなのだろうか。作られたものなのだろうか。もしそうなら、私たちの「人生の記憶」とはいったい何なのだろうか……と。

「ドクター、私たちの記憶とは何なのでしょう？　それは積み重ねられ、私たちの知識を豊かにし、未来を予測し、私たちがどうするべきなのか、考え、選択することを可能にしてくれる。それは確かなことですよね？」

「そう、知識という記憶はね。だが、私たちの大半の記憶は知識ではないでしょう。出来事であり、事件であり、喜びや悲しみでしょう。それは、決して古い地層のように静かに層を成して積もっていくものではないのでしょう。今に彩《いろど》られる。今の自分に強く影響される。そういうものなのでしょう。そして、互いに影響し合い常に形を変えていく。そういうものなのではないでしょうか」

「では、ドクター、記憶を探っていくということは意味のないことなのですか？」

「私は、そう思っています。少なくとも、今は」

ドクターは少し笑ってみせた。

そして、2人の散歩は終わりに近づき、彼らはヨシトが一時収容されていた病棟に戻ってきた。

「もう、自分の部屋に戻れますね?」

ドクターがやさしくヨシトに訊ねた。

「ええ、もう大丈夫です。夢はまだこれからも見ることはあると思いますけど……」

ヨシトは、ドクターを見つめた。言葉にはできない不安と混乱が彼の頭の中を渦巻いていた。ドクターは黙っていた。期待した慰めの言葉はなかった。だが、その穏やかな表情は、ヨシトに喩えようのない落ち着きをもたらした。ヨシトには、とても真似のできない、この世のものとは思えない不思議な表情に思えた。

(記憶を探ること、そこに何かの秘密を見つけ出すこと、それは、少なくとも今は、意味のないことなのだ)その表情が、そう語っているように見えた。

「父」というものをヨシトたちは知らない。彼らに、「母」の時代、「姉」の時代、「兄」の時代はあったが、「父」の時代というものはついに無かった。彼は、古い資料で見知り、不思議なものとして、なかなか理解できなかった「父」というものが、彼、ドクターのような者のことを指しているのではないかと、ぼんやりと思い描いていた。

第3章　治療船

シェルタードームの外は、いつになく風が強かった。一ヶ月交代で行われるリハビリ病棟での勤務を終え、今日から救急担当となって、救急医療部での待機勤務が開始されたヨシトは、「今日は忙しくなるな」とため息をついた。

半球状のドームから、ツノのように伸びた作業埠頭の先端に位置する、救急医療部の窓からは、何台もの巨大な作業車両がゆっくりと行きかう姿が見えた。これらの作業車は、元々は地球外惑星探査のために設計され建造されたものだが、今は、主に風力や波力発電装置の保守点検と修理のために活躍していた。

救急医療部の窓からは、風力発電地帯がよく見渡せた。繰り返し、立て続けに起こる地殻変動によるダムの決壊や、長期にわたる土砂の堆積によって埋もれ、放棄された水力発電所の近くには、残された蓄電・変電・送電の各施設を利用するべく、山腹に多数の風力発電装置が建設されていた。今やそこで得られる電力がこの時代に生きる者たちにとって、もっとも重要なエネルギー源となっていた。そして、今日も大勢の人々が、その風力発電装置の保守点検作業に従事していた。

ぼんやりと外を眺めていたヨシトに緊張が走った。救急待機室の警報が鳴り響いたのだ。思ったとおりだった。こんな風の強い日には、休む間もなく警報が鳴り響く。マントを脱ぎくつろいでいたヨシトは、急いで黒いマントをはおりフードで顔を覆い、いかにも医師という姿に着替えて、表情硬く、小走りに救急車に向かった。救急車に着くと、待ち構えていた看護師が報告した。

「転落です。命綱の固定が不十分だったようです。100メートル近い高さから、下は露出した岩肌に、直撃のようです」

抑揚のない、機械的な報告だった。珍しくもないからだ。

風力発電用風車の、軸部分の補修工事をしていた作業員が、強風にあおられ、吹き飛ばされて地面に叩きつけられた。叫びも、叩きつけられた時の音も、風に吹き消されて誰の耳にも聞こえてこなかった。ただ、風車の先端から小さな塊が吹き飛ばされ、大きな放物線を描いて落ちていくのだけが目撃された。それも珍しいことではなかったが。

ヨシトも看護師たちも、黙々と型どおりの動きを続けた。救急車は次々と作業車両を抜き去り、墜落現場へと急行した。

現場に着くと、何人かの作業従事者が横たわる負傷者を取り囲んでいた。一人、予定外の負傷者が、近くの岩に仲間に付き添われて腰掛けていた。ヨシトはまず、横たわる負傷者の方に小走りで近づいた。患者を取り囲んでいた者たちが、さっと遠のいてヨシトに道を開けた。彼を邪魔しないようにするためではあったが、あたかも忌まわしい者に触れるのを恐れるかのようでもあった。

倒れている者は、首が不自然なほどに折れ曲がっていた。頭を覆っているヘルメットは弾き飛ばされて遠くに転がり、割れたゴーグルの破片が目に突き刺さっていた。マスクもひしゃげて胸のあたりにこびりついていた。ヨシトが口のあたりに触ると、あごがぐしゃっと動いた。細かく折れているようだった。

目を見ることはできなかった。頭を覆っているスキンスーツが膨らんでいた。その中は血の海なのだろうと思われた。胸は動いていなかった。呼吸が止まって、もう10分以上経つのではないかと思われた。

さすがにこれは無理だな、とヨシトは思った。指示を待ちながらそばに立っていた看護師が、ヨシトと目が合うと黙って軽くうなずいた。

救急車両には、一台しか救急治療筒が備えられていない。ヨシトはこの者をここに置き、死体収容車を呼ぶように命じた。看護師が連絡のために立ち去ると、遠巻きに見守っていた者たちの間から大きなざわめきが起こった。

「やっぱり助けないのか。医師というのは、いったい何のためにいるんだ」

ヨシトの一番近くにいた男が、ため息混じりにつぶやいた。彼らは、決して大きな声で怒りを表現したりはしない。ため息こそはしかし、強い抗議のしるしなのだ。

そういう反応に慣れきっているヨシトは、動じる風もなく、マントを翻してもう一人の負傷者の方に歩み寄った。付き添っていた者が、はじけるように立ち退いた。その行為もまた、無理のない反応だとヨシトは思った。

確かに、医師になりたての頃は、なぜこれほどまでに忌み嫌われなくてはならないのかと、腹の立つことが多かった。好きでなったわけではないのに、と恨めしくも思った。が、医師の仕事を重ねていくに従い、ヨシト自身が、自分のしていることに疑問を持つようになっていった。

確かにたくさんの人体の仕組みに関する知識を蓄えてはきた。が、だからと言って自分に何かができるというわけではなかった。検査や治療は、ほとんど人工知能システムに任せているわけだし、パニック処置、治療筒に送る必要性の判断や治療船送りの選別などは、要するに、知識というよりは経験の問題だった。先輩医師は、きちんとした知識なしで経験のみに頼ることの危険性を説明してくれるが、彼には言い訳のような気がしてならなかった。

岩のくぼみに腰掛けていた負傷者は、ぐったりとうなだれていた。体つきは女性のようだった。落下して死んだ男の友人のようだ。
具合を尋ねようと、うつむいた顔を持ち上げると、焦点の定まらない目がヨシトの方に動いた。が、すぐにまた宙をさ迷った。右腕は力なくだらりと下がり、ヨシトが手を触れようとすると、痛みを恐れるように左手でかばおうとした。それでもヨシトが右の手首のあたりを握り、低い声で穏やかに
「大丈夫だ、ちょっとどんな具合か、見るだけだから」
と語りかけながら、そっと目を見つめると、今度は急に、全身の力を抜き、目を閉じたま
ま、ヨシトの胸に顔をうずめた。
周囲からどよめきが起こった。この時代、男女の間でこういうことが起こるのを、目にすることなどほとんどないからだ。この時代、男女の違いにどんな意味があるのか、一部の経験を積んだ医師以外に、知る者はいないのだから。
ヨシトが診察した限りでは、右腕は単なる打撲だった。確かに痛いとは思うが、それが彼女の意識を奪うほどにひどいものとは思えなかった。頭を打った形跡はない。とするならば、何らかの強い精神的な傷を負ったのだと思われた。

体の傷はヨシトたち医師でなくても、外から簡単に知ることができる。しかし、精神的な傷となると、この時代でも、経験を積んだ医師でさえ外から知ることはできない。

ヨシトは、看護師に救急車を近づけるように命じた。後ろ向きにゆっくりと救急車が近づくと、その後部ドアが開き、救急治療筒が姿を見せた。救急車の上からゆるやかな動きを見せながらアームが延び、気を失っている彼女をしっかりと掴み取り、流れるような動きを見せながら、穏やかに治療筒の中に収容した。

検査と治療は、すぐに開始されるだろう。彼女の怪我の程度なら、おそらく手術室《オペ》に収容する必要もなく、救急車がシェルタードームに着く頃には完全に治っているだろう。

問題なのは多分――ヨシトは思った――彼女の精神的な傷の方だろう。なぜ、何があってこれほどに大きな傷を受けたのか？　死んだあの男のそばに、なぜ彼女はいたのだろう。彼と彼女の間に何があったのだろう。もしくは、何がなかったのだろう。

意識が戻ったら、彼女はパニックを起こすだろうか？　わめき散らし、涙にむせ、何かをのろい、自らをのろい、叫び続けるのだろうか？

たまらないな！　ヨシトは思った。こういう手合いは幾度鎮静剤を使っても、繰り返しパニックを起こす。カウンセリングをしても、まともに言葉も出てこない。無駄な時間ばかりがかかってしまう。同じような体験をした者と、一緒に話をさせるのが一番よいのだが……ほとんどの体験者は、もう記憶が変わっていて役に立たない。

彼女も、数ヶ月もすれば脳の神経細胞の入れ替わりで、この記憶も消えていく。それまでの間だけ何とか穏やかにさせればよい。安易な方法だが、ヨシトは考えそして決めた、治療船送りにすることを。

治療船には2種類あった。ひとつはアルカディアに行く船。もうひとつは、時空を旅し、21世紀の東アジアに存在した、あるサナトリウムに着くことのできる船。

ヨシトの時代になると、時空の歪みは当初考えられていた以上に、多く存在することが知られるようになった。開発された時空間航行船によって、様々な時空点への旅が盛んに行われていた。

どの時空点に行けるのかは、しかし、人間が勝手に選べるのではなく、大概は、大きな自然変動や歴史的事件が起こった時点であった。その理由はよくわからなかったが、時空間を構成するエネルギーの変動の大きさによるのだろうと思われていた。

訪問先としての様々な時空点は、彼らの考える重要性や好みによって、徐々に絞られていき、やがて目的別にいくつかに決められるようになった。治療船の行き先もそうして選ばれた。そこは21世紀に、大きな事件の発生したところであった。その時空点に、ヨシトの時代でさえ回復させることが困難な、脳障害患者たちが送り込まれた。

そこは、その時空点以降には、決して得ることのできない人間と自然との融和が保たれていたところであった。長い歴史の、繰り返された試みの中で、脳と精神を病んだ者たちが生きることのできる、もっとも適した場所として、最終的に生み出され、そして、その成果を最後として消えていった場所であった。その時空点以後、二度と同じような時空点は生み出されなかった。そういう所であった。

アルカディア行きの治療船には、比較的容易に治療可能な、脳障害を受けた者や、心的障害によって精神を傷つけられた者たちが送られた。ヨシトは、この呆然と空を見つめ続ける女性を、そこに送ることにした。おそらくは、比較的早く回復可能な、心的外傷によるものだろうと考えたからである。そういう診断ができることが、実はこの時代の医師として重要なことであった。だが、ヨシトは、そのことにまだ、気づいてはいなかった。

アルカディア行きの治療船は、普通の宇宙船である。ヨシトも詳しいことは知らされていない、未知の時空点、「アルカディア」に飛んで行く。そして多くの患者たちは、そこで精神的な落ち着きを取り戻し、再び元の生活に戻ることができる。それがなぜなのか、どういう心理的メカニズムによってそういう効果が生み出されるのか、その時のヨシトはまだ、まったく知らなかった。

第4章　ユキ

ユキに初めて出会ったのは、私が、この21世紀の時代にやってきて間もない頃だった。彼女は細く、はかなげで、壊れそうに美しかった。生まれつきウェーブのかかった短い髪の毛が額に垂れ、その下の大きな瞳がじっと私を見つめていた。私は、その美しさにたじろいで息をのんだ。私の時代には、決して出会うことのない目だった。

その目は、悲しみをたたえ、頼りなげで、何かを訴えているように思えた。私は、その目の訴える何かに応えようと、懸命に言葉を探した。が、探し始めたその時には、彼女はもう、別の瞬間にいた。悲しげな目は宙をさまよっていた。彼女は、絶えず彼女に語りかけてくる声に気を取られ、振り回されていた。

その時も、彼女はそんな声にしきりに頷いていた。眉をひそめ、苛立ったかと思うと、また、たとえようもないほどに深く悲しげな目をして、静かにうつむいた。そして、いきなり、私に質問した。

「あなた、なんでそんな悲しそうな顔してるの。初めて見る人ね、ここの人？　どこから来たの？」

不意をつかれ、私はうろたえ、返す言葉を探した。しかし、彼女は、また別の声に頷いていて、もう私のことなど見てはいなかった。絶えず、瞬間、瞬間に彼女は違う時間や空

には

間をさまよっているように思えた。そして、私が、やっとのことで言葉を見つけ出した時

「さようなら、またね」

と、微笑むように軽やかに、別れを告げて去っていった。私は、わけもわからず、取り残されて佇んだ。

いつの間にか、横でこの出来事を見ていたドクターが少し驚いたように私に言った。

「彼女はあなたのことが、ずいぶんと気に入ったみたいですね。初めてですよこんなことは。ふーん、こんなこともあるのですね。さて、あなたのどこが気に入ったのかな?」

興味深げに、しみじみと私を見つめるドクターの視線から、自分の視線を離すように、私は、去っていく彼女の細い体と手足を見つめ、次第に遠のいていくその姿を目で追いかけた。そして、私の中で湧き起こる、経験したことのない感情に戸惑っていた。

これが、私と彼女との初めての出会いだった。私は、彼女に恋をした。それは確かだった。未だかつて、私の時代では感じたことのない不思議な感情が、私の気持ちの中に湧き起こっていた。そして、奇妙なことに、私はその不思議な感情の誕生を、何の違和感もなく受けとめていた。

それからの私は、いつも彼女を捜していた。私が、治療船で連れてきた患者たちの治療をしている時も、その他の様々な作業、戦いへの準備、報告書の作成など、それこそ多忙な日々の作業に従事している時も、私の気持ちの多くの部分が、いつも彼女のことで占められるようになった。絶えず、彼女のことが気になっていた。

私は、そのことを何とか取り繕いながら、努めて冷静に彼女に接しようとし、しかし、いつも彼女に見抜かれていることを知らされ続けた。彼女も、そのことを知りながら、楽しんでいるように見えた。

一人歩いている私に、いつの間にかすり寄ってきて、一緒に歩いた。彼女は聞こえてくる声に振り回されながら、私には、とてもついていけない話を、次々にとりとめもなく話し、時々一人でくすくすと笑った。不意に大きな声で笑うこともあったし、突然何かに怒って声を荒げることもあった。そんな時の彼女は苦しそうだった。それでも、私に対してはいつも興味深げで、私といることは彼女にとっても、とても喜びであるように思えた。

ドクターは、そんな私の、恋愛と言ってもいい感情の存在と、そして、それを持て余し、戸惑い、ぎこちない動作を繰り返し、いかにも不器用に彼女と応対し続ける、私の気持ちの混乱とを知っていた。しかし、だからと言って私に何かを忠告してくれるでもなく、私の混乱した行動を止めさせようとするでもなく、いつも黙って見守っていた。

ドクターはむしろ、彼女が徐々に良くなっていること、彼女の話が少しずつまとまりを持つようになってきていることを指摘して、私と彼女の関係が、彼女の治療にも効果があるかもしれないと思い始めているのだと言って、私を応援しているようにすら思えた。

ある日のことだった。私は、森のベンチに一人座っている彼女を見かけ、いつものように声をかけた。彼女は、妙にはっきりとした目つきで私を見上げた。私が彼女の横に腰かけ、少しの間前を見つめてから、彼女の方に顔を向けるまでの間、彼女はじっと私の動きを目で追っていた。そして私が声をかけようとしたその時、突然、小さなノートを、私に向かって、少しためらいがちに突き出した。

そのいつになくまじめな態度に、私は少しあわてたが、彼女も、幾分あわてたように早口に、緊張した声で言った。

「私が書いたの、読んで」

「えっ？　これ？」

「そう。いや？」

「いや、まさか、そんな。いやなんてちっとも。でも、良いんですか？」

「良いから言ってるの。読んで」

「今？　ですか？」

「あ。後でいい。だけど……全部読んでね」

というなり、彼女はすっと立ち、湖の方に向かって、振り返りもせずに足早に去っていった。

　小さなノートには、あまりきれいとは言えない字で幾つもの詩が書いてあった。その中の一つの詩に目がとまった。それは乱雑な文字で、なんの修正の跡もなく一気に書かれた短い詩だった。

ああ　風が
なつかしいあの風が
乾いた唇を
そっと　濡らしてくれたなら
ほおを濡らす　この風が

わたしのからだを突き抜けて
ちぎれるほどに　この胸に
せめて一吹き
吹いてくれたなら

ああ　わたしはもう
澄みきってはいないから

おとうさん
おとうさん、おとうさん、おとうさん
おとうさん
　あなたは
何回
わたしを
おもいだして

くれました？
おとうさん
おとうさん、おとうさん、
おとうさん、おとうさん、おとうさん
おとうさん
おとうさん
おとうさん

私は、ぼんやりと遠くの森を見つめた。木々がゆっくりと、大きく風に揺らいでいた。緑深い豊かな葉を揺らした風が、私に吹きつけ、私の額を冷やしていった。

私は、彼女がどういういきさつでこのサナトリウムに来たのかを、ドクターから聞いて知っていた。彼女の病気は、10代の半ばごろから始まっていた。それは彼女にとって、とてもつらい日々をもたらした。

だが、もっとつらかったのは、その後の家族の反応だった。彼女をよりいっそうつらい境遇に追い込んだのは、それまではおとなしく良い子だった彼女に対する、手のひらを返すような、冷たい家族の仕打ちだった。私は、そのことを知っていた。

ふと、ユキのはかなげな細い姿が、風に揺らぎながら、佇んでいたように思えた。が、見えたのは、風に揺れる梢《こずえ》だけだった。

彼女への激しい感情が、私の中で湧き起こるのを感じた。それは、今までに味わったことのない感情だった。私の身体に何かの変化が起こったように、額がひどく熱くなるのを感じた。私たちの特徴である退化した外性器が蠢くような、今までまったく経験したこともない変化が、起こり始めているように思えた。私は、恐る恐る自分の股間に手をやった。が、手の中に何の変化も、その時にはまだ、感じることができなかった。

それからも毎日のように、ユキは私を見つけては話しかけてきた。そして私も、それを期待するようになった。ユキは私の患者ではなかったし、たとえそうだとしても、この施設に収容されている患者と医者の、こんな関係は、皆から好ましくは思われてはいなかった。ただ、ドクターは、私たちに期待していた。というよりユキのために期待していた。私の外性器が、すでに退化していて安全だったからだ。

ドクターの予想と期待どおりに、ユキの状態は見違えるように良くなっていった。その快復の途上、彼女は童話を書いた。それはこんな話だった。

「もこもこ、がさがさ、にょきっ。卵から出てきたのはオニの子、モサモサ。とうさんやかあさんが、待ちに待った子です。キョロキョロあちこち見回しても誰もいない草むら。そこでオニの子モサモサは『あああ』と声を出し、息をついて上を見ました。すると上のほうでキラキラと輝くものが見えました。あれは何だろう？　と首をかしげ考えましたが、なんせ生まれたばかり、わかりません。でもまず、キラキラ輝くほうにのっさのっさと歩き始めました。歩いて歩いてどんどん行くと、キラキラと輝くものが今度は目の前に現れました。そのキラキラ輝くもののそばまで行き、そうっと手をつっこみました。するとヒヤリとするものが指の間からするっと抜け、なんだか気分良く口のあたりがぴーんと緊張気味になりました。そこでモサモサは考えました。手と手を合わせてそれをつかみ、口へ持っていきました。ゴクンと口のほうで音が聞こえて、口の中が晴れ晴れとしました。なんてステキ、なんてステキ！　モサモサは生まれて初めて、水を自分の力で飲むことを覚えたのです」

最初の日に見せてくれたノートには、汚いなぐり書きのように、しかし、なんの訂正の跡もなくこんな物語が、一気に書いてあった。

輝く太陽と、冷たく心地よい水との出会い。ユキのような患者によく見られる、生命の原始的な体験に近いと思わせる出来事が、キラキラと輝くように、その体験の感動を一瞬でも逃すまいとするように、一気に書ききってあった。

なぐり書きのような字は、一度として訂正された跡がなく、文章としては少々おかしいと思われるところがいくつかあっても、それは、頭の中に湧き起こり続ける経験に遅れまい、それをつかみ損なうまい、と必死に書き留めようとして細かいことにこだわってはいられなかった、そのためだろうと思わせた。

もちろん、モサモサとは彼女のことだ。彼女の髪は縮れ毛で確かに「もさもさ」としていた。彼女は、新しい誕生を経験し、まったく新しい世界を体験し始めたのだ。彼女の「病的な」世界から、「正常な」こちらの世界への誕生を。

それから三日もしないうちに、ユキは、続きを書いたノートの切れ端も持ってきた。それは本当に、ただのメモのような切れ端だった。

「そうして次の日の朝、目が覚めると、同じことを二日目の夕暮れになるまで続けました。そして夜になると、モサモサは上のほうのキラキラを一つでもほしくて、両手をかざしました。でも、無数のキラキラが指の間を抜けただけでした。しようがないので、後ろのほうにのっしのっしと歩きましたが、今度は、坂のある所だったので急にころげ落ちました。ゴロゴロドスン。ガサガサポカリ。いろんな音が聞こえていました。そしてその音が消えた後は、体中が痛みました。モサモサの目から涙がふきだしました。あああ、止まりません。もう上の大きなキラキラが、斜めに動いていくほど、目から涙がでました。でも、ふと気がつきました。冷たくキラキラと光るものが、今度は自分の目からでていることを知りました。幼いモサモサには、哀しみや笑顔がまだわかりませんでした。……」

ここでモサモサはなぜか急に、犬に出会った。

「ワンワンもモサモサも走って近づき、ごくごく飲みました。いっぱい飲みました。へえ、こんな時にもキラキラは役にたつのかと考えました。そうすると空にあるキラキラと、下にあるキラキラはだいぶ違うなあ。上にあるキラキラはいくら手をあげてもつかむことができないけど、下にあるキラキラは手でつかめて、ゴクンと喉も鳴るのになあと思いました。……」

その後のユキの文章は、初めの部分ほど生き生きとはしなくなった。混乱や飛躍を無視して感動をそのまま書き留めようとするよりも、むしろ、なんとかまとまった文章にしようとする不自然さが見られるようになってきた。犬が何であるかはわからなかったが、多分、同じような病気で苦しむ仲間なのだろう。登場することが増えた。そして、今度は、

1週間近くたってから、きちんとしたノートに続きが書かれていた。

そこにはいくつもの修正の後があった。きらめくような体験に追いつこうとするような必死さはなくなり、その代わりに、落ち着いて文章を書こうとし、構成を考えようとしているようだった。そして、その続きの中には、私が登場した。

「突然にモーセ、モーセと叫ぶ声が、こちらにだんだんと大きく聞こえてきます。声のほうにワンワンも走り出しました。モサモサもそれに従いました。すると目の前に、きれいでスラリとした者が現れました。頭の色は銀色。目はまっ黒。ワンワンよりも手足は長く、口をパクパクさせてワンワンを抱えましたが、その後ろにモサモサがいるのを見て、ニッコリ微笑みました。うれしくなってモサモサも『うぁんうぁん』と言いましたが、その人は、ワンワンのことを『モーセ、かわいいモーセ』と言ってなでています。自分もそうしてほしいと、モサモサは初めて思いました。するとその人が近づいてモサモサをなでてくれました。不思議なことにモサモサはなぜか『うぁんうぁん』と言わず、モーセと言えることができたのです。『モーセ、うぁん、モーセ、うぁん』と叫び、にっこりしました。モサモサにとって初めての言葉でした」

その後、話はこの銀色の人と「ワンワン」との3人での、様々な新しい出来事に満ちた、楽しい体験の話が続いていった。銀色の人である私はこんな風に書かれていた。短い文章だった。

「銀色の人の名前はノアといい、すばらしくやさしい人です。『こっちへおいで、オニちゃん』と声をかけられたモサモサは、なんだかわからないけど一緒についていこうと思いました」

ノアは異星人であるらしく、彼の乗ってきた宇宙船でモサモサとモーセは空の旅に出た。川や草原を鳥のように眺め、ノアの教えで、モサモサは次第に言葉を上手に話せるようになっていった。そして、地上に降りたモサモサとノアたちは、共に新しい生活を始めるのだった。

「『一度降りてみようか』『賛成！』ぐあんと音がしたと思うと、地上に吸い込まれるように下へ下へと降りていきます。もうぶつかると思った時、『着いたよモサモサ、着いたよモーセ』と弾む声がしました。なんだかわけがわからないモサモサは、明るいほうに足を運びました。そこでの生活は大変いそがしくて、今まで食べたパンみたいなものが、川にもあると思っていたモサモサは、ノアが川の中に入って取ってきた魚にびっくり。モサモサにとって、まるで毎日が奇跡のようでした。それにもまして、モーセが川の中ですいすい泳ぎ、魚をくわえてびっくり。モサモサにはモーセが不思議でたまりません」

彼女の童話は、ここで突然、終わった。物語は、私との出会いの中で少しずつ治癒し、幻覚や妄想に色づけられたまとまりのない世界から、ひとつのまとまりを持った現実の世界へとたどっていく、彼女の心の道筋が、なぞるように展開されていた。だが、実際に現実の「こちら」の世界での生活に慣れてくると、もう、彼女の中では心の旅をなぞる必要がなくなったのだろう。だから、物語は突然、終わった。その後何度も、続きはどうなったのかと尋ねる私に、彼女はこともなげに答えた。

「あれはもう、終わったの」

そして、そのことにもうまったく興味を示さなかった。

物語が、最初の頃の輝きを失い出すに従い、彼女は私たちから見て「正常」になっていった。そして、物語がぷっつりと終わった頃には、彼女はもうまったく「普通」だった。時々まとまりのない話し方に周囲が困惑することはあっても、それは「正常範囲」だった。物語を書く才能があるのではないかと思った私は、続きを書くことを盛んに勧めたが、彼女は何の興味も示さなかった。

「よかった。彼女はすっかり良くなりましたね。これも多分、ノアであるあなたのおかげでしょう」

ドクターはそう言いながら
「これでいいんです、これでいいんです」

と少し哀しみを含んだ声で、自分に言い聞かせるように言った。彼が、何を悲しんでいるのか、私にも十分に理解できた。

彼女の心地よい体験は終わった。私が彼女に「良いこと」をしたのかどうか、それは誰にもわからない。ただ、そうするしかなかったのだと、ドクターと私は納得し合った。少なくとも、彼女は他の人々と生きることが、前よりはずっと楽になったように思えたから。

私は嬉しかった。まるで師のように私を仰ぎ、私に頼り、いつも纏わりついてくる彼女が、私には心地よかった。ただわけもなく心地よかった。

「彼女は私を必要としている。彼女は私のものだ」

私には何もかもが初めての、不思議で、にもかかわらず何の違和感もない、満ち足りた体験だった。私の毎日は明らかに変わった。それまで感じたこともないほどに、森や湖は美しさに満ちていた。人々は皆、明るく華やいでいるように見えた。自分が連れてきた、あれほど忌み嫌っていた患者たちが、実は皆、不安にさいなまれ、私に助けを求め、そして、私の些細な言葉の端々にさえ敏感に反応していたのだということに気がついた。人々は愛に満ちていた。人々は互いを求め合い、支え合おうとしていた。それが私たちの知らない心の豊かさであり、「美しいもの」であることに初めて気づくことができた。私は感謝した。

誰に？　誰だかはわからなかったが、誰かこの世界を作り出した者たちへ。この時代の人々が時に語る、神というのがそうなのだろうか？　ああ、私たちの時代は、なぜこのような感情や喜びを失ってしまったのだろう……。私は毎日その心地よさに浸っていた。

しかし、それは、長くは続かなかった。

「正常」になるとすぐに、彼女は恋をした。私にではなく別の男に。同じ病で苦しんでいる青年に。それが、あの物語の中の「ワンワン」だったようだ。その時私は、あの物語のもうひとつの意味をやっと理解した。

彼女は楽しそうに、彼との出会いを私に語った。彫りの深い顔をした彼は、澄んだ目を持っていた。気持ちが優しい、というよりは少し弱々しいところがあり、彼女はそんな彼を振り回していた。そしてすぐに、二人の間に変化が現れた。彼の落ち着きがなくなり、彼女を避けるようになってきたのだ。

　彼女の強さに、彼の行動が支配されてしまい、それが彼の自我を混乱させ、不安をあおり、治まっていた精神症状が少しずつ再発し始めたのだ。彼女も苛立ち始めた。二人はよく言い争うようになった。言い争うたびに彼らは激しく動揺し、強い不安にさいなまれた。そしていつしか、会うことによって起こる不安と苛立ちにさいなまれるよりも、会わない寂しさを選ぶようになっていった。

　彼女は毎日、私のところに来ては、涙を流し、寂しさを訴えるようになった。

「私にはもう何もないの。あの人が冷たいから。誰も私をわかってくれないの」

　私の困惑した顔を見て、彼女は少し気を使いながら続けた。

「もちろん、先生は、別だけど」

　彼女はもちろん、私の彼女への気持ちなどには気づきもしないようだった。私は、彼女を抱きしめて、慰めと安らぎを与えてやりたいと思いながら、同時に、彼女がそれを求めているのは私に対してではないこと、それをしてやれるのが私ではないことを、痛いほど知らされ、それでも諦めきれない思いを抱きながら、慰めの言葉を言い続けた。

　ユキは、ニンシンした。そのことが、彼女をよけい不安にした。彼女はやせ、目が落ちくぼみ、あの輝くような表情のきらめきはなくなっていった。彼女は前よりも一層、私のところに来るようになり、この耐えがたい不安から救いだしてくれと哀願するようになった。

そして、ある雨の降る底冷えのする日、不安そうに血の気の失せた白い肌に、すがるように私を見つめる目が、はかなげに揺れてさまよっていた時、私は、たまらなく彼女を愛おしいと思い、思わず抱きしめていた。

薄い綿のシャツの下、肩は細く壊れそうに柔らかかった。それは、私が初めて、人を腕の中に抱きしめた時だった。私は、あまりにも自然に彼女を抱きしめていたことに驚いた。そして、その味わったこともない肉体の柔らかさに、二度と離すことのできないほどの心地よさを感じでいた。

私が、医師として繰り返し見続けていた肉体は、色素を失い透明な生気のない皮膚に包まれた、解剖標本のようなただの物質だった。そして、肉塊そのものを手にしたのは、あの成人式の日の、人間の心臓だけだった。私たちはそれ以外、自分のこの体に触れる以外、肉体そのものに触れ、つかみ、抱いたことなどなかったのだ。

私たちが知っていたのは、ただ、モニターに映し出される映像と数値だけだった。だから、抱きしめながらも、私はどうしたらよいかわからなかった。私はただ、その細くかぐわしい首筋と、柔らかい耳を眺めつづけた。それから、彼女の体を支えるように引き離しながら、その悲しげな目と頬を見つめ、そこにあふれている涙を拭ってやった。彼女はされるがままに私に身を預けていた。戸惑いながら、私は私の行動がなぜこれほど自然にできるのかに、驚き震え、深い感動すら覚えていた。

「先生、震えてるの？」

彼女が不意に体を離し、濡れたままの目で私をけげんそうに見つめた？

「あ？　ああ……」

私は深い感動にひたったまま、返す言葉が見つからなかった。

「何で、笑っているの？」

私は微笑んでいたらしかった。

「私がこんなに悲しいのに、あなたは、何で笑っているの？　私をバカにしているの？

ひどい！　なんて人なの！」

彼女は私の手を振り払い、強い失望の中にうなだれて、佇み、ぽつりと言った。

「先生は、わかってくれる、助けてくれると思ったのに……」

そして、少しだけ私の返事を待った後、私が返事もできずにたじろいでいるのを見ると、深い絶望的な表情を浮かべた。成すすべもなく、彼女は、小走りに去っていった。私は、自分に起こった理解を超えた変化に戸惑いながら、言葉を返すタイミングを失ってしまっていた。

「そうじゃないんだ」

と言うことさえできずに、私は立ち去っていく彼女を見送るしかなかった。私は、奇妙なほどに、動くことも話すこともできないまま立ちつくし、雨に濡れて冷えていく自分の体さえ、どうしてよいかわからなくなっていた。

やっと、自分を取り戻した時、私は自分自身に言い聞かせた。今日のことを、いつか説明できる時も来るだろうと。

翌日から、しかし、彼女の症状は、完全に元に戻ってしまった。絶えず彼女を襲う、誰からのものともわからない、非難し、中傷し、あざ笑い、命令を下し、いちいちあれこれ指図しては彼女を混乱させる甲高い声に苦しんでいた。すべての人に見捨てられて、すべての人が彼女の敵となってしまったという恐怖に、振り回されていた。

彼女はじっと部屋に閉じこもり、おびえた目に絶えず怒りをただよわせ、人々と敵対した。私も、その中のただの一人に成り下がっていた。もう私が誰かも、わからないのではないかと思われた。

私が訪ねていき、彼女の体と心の苦しさを案じ、少しでも救いの手を差し伸べようとしても、ただ、意味不明の攻撃的な言葉を激しく浴びせかけてくるだけだった。私を信じ、私に救いを求め、すがるように悲しげで、はかなく、美しかった彼女はもう、どこにもいなかった。

私の苦しみを理解してくれるのか、ドクターは、私に出会う度に優しく悲しげな目で微笑みかけてくれた。よくユキと話をしたベンチで、一人打ちひしがれている私の横に腰をかけ、私の肩に、黙って手を置いてくれた。私はどうすることもできない自分自身に苛立ちながら、生まれて初めて、激しく涙を流した。

そしてやがて、彼女の体は、私が見たこともないような変化を示し始めた。腹が異様に膨れ、その中に何かが蠢くようになった。ユキの表情にはきらめきがなく、わけもなく微笑みながら腹をさすっていることが多くなった。反応が鈍くどろんとした目が、幸福そうであればあるほど、私にとっては、何か見てはいけない獣の姿に接しているように思えた。

腹は、鰐《ワニ》かトカゲのようだった。私は気の遠くなるような恐怖を感じた。異様な病にかかったとしか思えない私に対し、ユキはしかし、幸せそうにしか見えなかった。それが私をよけい、不安にした。

ユキはその後、無事にコヲウンダ。子供は、彼女によく似た男の子だった。彼女もそれをきっかけに少しずつ落ち着き、育児に興味を示して、徐々に母親らしくなった。父親である彼には時々会いに行っていたが、彼の方が彼女を避けるため、その都度彼女はいらつき、彼をののしり、それがまたよけい彼を怖がらせ、ついにはまったく会わなくなってしまった。

彼は、優しい性格から皆に人気があり、それがまた、彼女には不満なようだった。私に対する興味はまったくなくしてしまい、出会った時に私を見る目は、完全に見知らぬ他人に対するものだった。

母となって落ち着いたユキは、しかし、あの激しい頃の危なげな魅力がなくなり、人並みよりは美しくはあっても、普通の女性になっていった。私は、複雑な気持ちで時々出会う彼女を見ていた。その度に、私の中で、あの変化が起きた。私の外性器は明らかに発達していた。そのことが私をひどく苦しめた。経験したこともない激しい感情と欲望に捕らわれることが多くなった。どうにも理解しがたく、また制御困難な想いが、私の頭の中を占め、吐き出さずにはいられなくなった。

ユキを抱きしめ、発達した私の外性器の欲求を満たさずにはいられないような衝動に、絶えず襲われ、しかし、それをしてはならないという自制心が、よけいに私を暴力的な空想に駆り立てた。そして、他のある女性と初めて関係した。吐き出された欲求の満足感と、言いようのない虚しさが残り、ユキへの思いが消えたわけではなかった。が、私のユキへの想いは確実にゆがめられ、純粋さが失われ、そうすることによって、その想いは少しずつ薄まっていくように思えた。つまり、私の恋は終わったと。

だが、欲望だけは残った。それが満たされない時には、激しい暴力的衝動が頭をもたげた。これほどに激しいものが、なぜ湧き起こってくるのか私には理解できなかった。しかし、理解しようとしまいと、衝動だけは私を突き動かし、絶えず私の中に蠢くようになった。私は苛立つことが増え、欲望のままに女性を抱くことを繰り返し、戦いの訓練にのめり込んだ。

私は学んだ。人間が、元々はどのようにして子孫を増やしていたのかということ。妊娠、出産。それが私の時代になされているものとはまったく違って、もっと動物じみているものであること。そして、それが、私たちの本来の姿だったということを。

私たちの外性器は退化していた。私たち自身の遺伝子選別、品種改良が、私たち自身をそう変えていた。が、私は戻ることができた。私の外性器はこの時代の人たちと同じように発達し、それと共に、あるいはそれに先立って、性的欲望が蘇った。それは、捉えようのない、理解困難な、制御しがたいものであった。なぜ私たちの先人たちが、それを消し去ろうとしたのか、その理由を私は、やっと理解することができた。

私は、抑えがたい性的衝動に駆られ、それに振り回されるようになった。その衝動が満たされる時には、私は心地よい穏やかな感情に支配され、異性への想いは、目に見えるすべての世界を輝かせ、美しい言葉の響きを脳裏に湧き出させ、他者への深い思いやりの感情さえ生み出した。だが、それが満たされない時、その衝動は激しい暴力的想像を私の脳裏に生み出した。脳裏に湧き起こるイメージは、私自身にすら恐怖を覚えさせた。

私は、無我夢中で戦闘訓練の中で人を殴り、投げ飛ばし、そうできない時には、虫けらを殺し、息を荒げて森の木々を傷つけ、わけもなく物を破壊し、わめきちらした。そういう激しい行為に酔った。そんな自分自身を幾度も見出し、言いようもない快感と哀しみが、私を襲った。

そうして、この二つの衝動と感情が、いつの間にか私の心の中に、しっかりと棲みついた。性的衝動と暴力衝動、快感と哀しみとが。

第5章　サナトリウム

この時代、サナトリウムの外では人々の間に恐怖が広がっていた。今まで経験したこともないほどに強い、新種のウィルスが世界中に広がり始めていたからだ。それは、この時代の少し前に広がった、直接免疫系を侵して全身の感染防御力を無力化する、というような特殊なものとは違い、それ以前のウィルスと同じように、人間の臓器に感染してそれを破壊してしまうものであった。

感染する経路も、性交渉や注射という直接体液が交換されることによるもので、それ自体も特に目新しいものではなかった。だが、このウィルスの新しい恐ろしさ、目新しさは、一度に複数の臓器に感染するということであった。

すべての臓器に感染するわけではなく、たとえば神経系や血液系には感染しなかったが、肝臓、腎臓、膵臓、脾臓、そして時には肺までも同時に侵し、その組織を破壊するものだった。

それ故、生命に対する影響は重大だった。感染が明らかになってから死に至るまでの時間が、きわめて短かった。いままで、これほどに同時に多数の臓器を侵すものはなかったし、また、これほどに強い繁殖力を持つものも、存在したことは無かった。自然界に存在するにしては、かつての免疫系を直接侵すウィルス同様、その性格があまりに凶暴であった。

このあまりに凶暴で、あまりに突然の新しいウィルスの出現に関しては、いくつもの仮説が出された。しかし、今度ばかりは、ある大国の生物兵器の保管管理ミスが原因であることを否定することは困難だった。なぜなら、最先端の軍事兵器と生物学の研究室が集中して存在する、特定の地域周辺が、明らかにこの疾患の発生の中心となっていて、その非常に早い広がりに、その国の当事者たちが、あたかも別の地域でこのウィルスが発生したかのように見せかける、工作を行う時間さえもなかったからである。

だが、そんなことはもうどうでもよくなっていた。犯人探しなどしている時間的余裕は、もうなかった。それほどにこのウィルスの繁殖力は強力だった。人々の間に、かつてない、未曾有の恐怖心が植え付けられていった。

ワクチンや抗ウィルス剤が開発されるのを、待ってはいられなかった。この病気から生き延びることのできるもっとも確実な方法は、感染した臓器を未感染の臓器に入れ替えることであった。そして、この時代に発達した臓器移植技術が、多数の臓器同時移植という高度の技術を、きわめて安全で簡単なものとしていた。

このことが、人々の「臓器」への要求を増大させた。何百万人もの人間が、多数の健全な臓器を、きわめて短期間に集中して欲しがるようになった。当然、脳死者の臓器の数は感染した者たちの要求を満たすにはとても足りず、少数の幸運な者を除いて、ほとんどの感染者は救いを待ちわびながら死んでいくことになった。

報道機関は連日のようにその悲劇を伝え、いつわが身に起こるともしれないその悲劇に対する恐怖は、少しずつ、確実に人々の理性を失わせていった。

そしてついに、今までは闇の中でしか行われていなかった臓器売買が、半ば公然と行われるようになった。

初めは、腎臓が、続いてすぐに、脾臓が、少し高い値段で取引される対象となった。さらにはずっと高い値段で、肝臓や肺の一部が取引されるようになった。そして最後には、ついにあろうことか、自らの死を覚悟で全臓器を売り出す者が現れ始めた。主に貧困にあえぐ国々の、身体は健全だが極貧《ごくひん》の人々の中からであった。

この残酷な事態は、豊かな国々の良心的なマスコミによって大々的に報道され、反対キャンペーンが世界的に広がった。それは効果を見せ、臓器売買を再び闇の行為へと押し戻すことに成功し、野蛮な行為は明らかに一時的な減少を見た。

しかし、それも、残念ながら長くは続かなかった。

その理性的な自制自体が皮肉にも、人々の新たな動きを引き起こすこととなった。この動きは、本当はより一層危険なものだったのだが、綺麗事を好む豊かな人々の建前としては、ずっと受け入れやすいものであった。良心的なマスコミの一部は既に早くから、この動きを察知し警告を鳴らし始めていた。脳死の判定が少しずつ拡大解釈され、ずさんになり始めていると。

また一方では、脳死と診断された者たちに対しての、新しい治療の試みが行われている事実もさかんに報道されていた。が、今現在、死に至ろうとしている人々に対して、こんな意見やいつ実現するとも知れない試みが、何の救いにもならないことも事実だった。現実に力となれない正論や、未来の約束事などに期待を抱いている精神的余裕は、もはやなかった。そして、次第に巨大化して迫ってくる恐怖に、多くの人々が完全に理性を失っていった。

ついに、特に先進諸国の人々の中で、脳死者の拡大解釈が公然と支持されるようになった。何らかの脳障害によって、独立して生計を営むことのできない者たちは、脳死者と同等であると見なしてよいという考えであった。重度の精神障害者、痴呆患者や脳障害患者たちの中で、家族の支えを受けられずに国家によって施設に収容されている者、そういう者たちがその対象となった。

この偏見と差別は、貧しい国の人々よりも豊かな国々の人々の方がずっと強かった。豊かな国々の人々の多くは知識産業に従事し、知的能力の高さこそが人間の価値であるかのように考える傾向が、より強かったからだった。

闇に消えようとしていた臓器売買グループが、再び動き始めた。

極貧地帯の重度精神障害者の、本人の意思を無視した、「死を伴う臓器売買」が初めて報道されてから、半年も経たないうちに、先進諸国の行政や警備関係者に警告が発せられた。臓器売買グループが豊かな国々での高い需要を背景にして、必要な臓器を国内で賄おうとする動きがあることを。

マスコミはこの異常な動きを報道し、人々に理性を維持し続けていくことを訴えた。行政も、警備当局も、瀬戸際でこの者たちの横暴を防ごうと努力を惜しまなかった。

しかし、理性で押さえつけようとすればするほど、消え去らない差別感情に裏打ちされた欲望は、激しい形でその葛藤を解決しようとした。後の時代に長く記録される、おぞましい悲劇が起こった。このおぞましい出来事を目の当たりにすることによって、やっと、人々は己の浅ましさと愚かさに目覚めた。熱が冷めるように反省が始まり、己を見失わずに、より良い方策を見つけだす努力を続けること、それがもっとも大切なことなのだという、「理性」を取り戻した。

が、悲劇は必要だった。狂気に陥ろうとしていた人々に、激しいショックを与えて目を覚まさせることが出来るほどに、悲惨な悲劇が、ひとつだけ必要だった。そしてそれは、ヨシトが訪れた、サナトリウムを舞台として起こった。


ここより未来、つまりヨシトの時代に、彼が学んだ歴史にはこう書いてあった。狂気と欲に駆られた臓器狩りの連中が戦闘部隊を編成し、一度に大量の臓器を手に入れようとしてサナトリウムを襲撃した。サナトリウムの人々は、それぞれの建物に立てこもり抵抗を試みたが、戦闘を指揮した治療者集団のほとんどの者が殺害され、サナトリウム住民の大半は麻酔銃で眠らされたあと、冷凍車で冷凍されたまま連れ去られた。その数は1万人以上にのぼったと……

ヨシトの時代の人々は、治療船をこのサナトリウムに送りつけるだけではなく、常に、この歴史的悲劇を修正しようと試みた。彼らは治療船を送りつける度に、同行させた医師に、修正を試みる任務を与えた。それが治療船の目的地として、数多くある時空点候補の中から、この点が選ばれた理由であった。

彼ら医師たちにとって、この歴史的事件は特別の重い意味を持っていた。このサナトリウムの姿こそ、精神を病み、他の社会で暮らすことができない者たちが、自立して生きようとするほとんど理想的といえる試みだったからである。

それはひとつの穏やかで、やさしい社会であった。他の「正常な」社会よりも、ある意味ではずっと自由でのびやかな社会であった。彼らは、その社会を救うことを、何度も試みた。何度も何度も試みた。

にもかかわらず、歴史は常に、変わることなく悲劇が起こったことを記録していた。修正の試みは、一度として成功しなかった。それでも彼らは諦めなかった。ヨシトにも当然のこととして、患者の治療のみではなく、その任務を果たすことが求められていた。

任務遂行のための方策は、その時の担当医師の判断に任された。その方策には色々なものがあった。しかし、時空点を勝手に決めることは出来なかったから、治療船が訪問できるよりもさらに過去に遡ることは不可能であった。つまり、この悲劇の原因となったウィルスの蔓延と、それに続く狂気の暴発自体に介入することはできないことであった。

そこで彼らの目的は、必然的に、このサナトリウムの少しでも多くの人々の生命を守るということになった。そのための方法はたくさんあったが、ほとんどの派遣された医師たちがそうであったように、ヨシトも戦うことを選んだ。

彼はユキとの出会いの中で、生まれて初めて暴力的衝動が自分自身の中にあることを自覚し、それを身につけた。その衝動は、時には彼の判断を狂わせることがあったかもしれないが、決して不快なものではなかった。今、彼の心の中にあるものは、攻め入ってくるおぞましい狂気の者たちへの、激しい怒りに裏打ちされて確かなものとして存在する、破壊的衝動そのものだった。

この戦いにおいてサナトリウム側に与えられた、有利な条件が二つあった。

一つは、歴史に学ぶことができること。もう一つは、彼らは敵を殺すことができるが、敵は彼らを殺すことを極力避けなければならないことだった。

その有利な条件を利用して、ヨシトたちは、歴史の資料から前回の闘い方の問題点を見つけ出し、それを参考にして今回の作戦を練った。

前回の戦いで、サナトリウム側の住民たちは、一度に撃退されるのを恐れて6つの施設に分かれて立てこもり籠城戦を挑んだ。しかしそのためにかえって、戦力が分散され、各施設での戦いはそれぞれに分断されたまま、各個に撃退されていった。

また、戦闘を担った治療者たちの訓練は十分ではなく、銃器の扱いも未熟で、経験豊富なプロ相手に見るべきダメージも与えられないまま無惨に敗北していった。歴史は、そう教えていた。

そこで今回彼らは、ヨシトが治療船で到着するとすぐに、彼とドクター、ドクターが彼の片腕として信頼している中年のセラピスト、ケン、そして、二人の若い屈強な治療者を加えた5人で作戦本部を作り、早くからじっくりと作戦を練った。未来のヨシトの情報は強い味方になった。彼の情報に従って若い治療者が100人ほど集められ、すぐにサナトリウムのはずれにある森の中で、射撃訓練が開始された。

手に入る銃はプロのものにはほど遠いものであったが、散弾銃を中心にライフルと、どこからかケンが手に入れてきた大型の機関銃が2丁あった。週に1、2日、訓練にいそしむ彼らの銃声が、遠く、サナトリウム全体にかすかに響いていた。

ケンは、指導力のある男だった。何より、こういうことが好きそうだった。百丁近い銃は、彼が苦心をしてどこからか手に入れてきた。闇社会ともパイプを持っていたらしい。サナトリウムが蓄積した金は、これらの銃の購入で大半を失ったが、もちろんそれに文句を言う者は誰一人いなかった。

ケンは兵法の書籍を読みあさり、色々の作戦を練っていた。その知識は群を抜き、作戦に説得力があった。ヨシトにとっても、彼と作戦を話し合うことは楽しいことだった。一歩間違えば悲惨な結末に至るかもしれない事態を控えながらも、なぜかヨシトは、心躍るような興奮を感じずにはいられなかった。

ユキとの出会いと失恋を経験する中で、彼に蘇った性衝動は、同時に暴力衝動を目覚めさせ、そして、戦闘への気分の高揚はまた、前にも増して強く、彼の性衝動を過敏なものとした。彼は獣のように異性を抱き、肉体の触れ合いがもたらす快感と、射精の快楽を味わい続け、完全にこの時代の人間となっていった。

三方を小高い丘に囲まれた巨大な谷に広がるこのサナトリウムは、一つの村を形成するほどの広大な敷地を持っていた。南には、なだらかに広がる裾野を持った、200メートルほどの高さの丘が連なり、その裾野が放牧地となっていた。

丘の中腹あたりに、1棟の大きな畜産管理棟と3棟の牧舎があった。牛と羊が合わせて百頭近く飼育されていて、住民たちの需要を満たすとともに、一部は製品として出荷され、サナトリウムの現金収入を幾分か補っていた。その生産活動は、世間に対して、このサナトリウムが幾分でも社会に貢献できることを示すシンボルともなっていた。

西は、周囲の丘の中ではもっとも高くやや急峻な、400メートルほどの、全体に岩肌が広がる小高い山となっていた。この山の数ヶ所からは湧き水が出て、いく筋かの小さな流れを形づくり、それが合わさって谷の中央を流れる幅数メートルほどの、浅い川となっていた。

この西山の麓から少し登ったところ、岩肌がまだ露出していないあたりには数十棟の建物が散在していた。その中央に5階建ての大きな建物があり、そこがこのサナトリウム全体の管理棟になっていた。その最上階には谷全体が見渡せる広い部屋があり、作戦指令本部とするのに最適の場所だった。彼らは、この管理棟を作戦指令棟と呼び変え、迫り来る戦いを指揮する中枢と位置づけた。

その指令棟の周囲には、それぞれ3階から5階建ての生活棟が広がっていた。そこはこの住人たちが寝泊まりするための寮にあたるもので、2人から4人ずつが生活する部屋が作られていた。ヨシトやケンたち独身の従業員もそれぞれ、地位に準じて、1人であったり2人であったりして、この生活棟に暮らしていた。

ここの従業員の多くは、このサナトリウムの理想に共鳴した者たちで、それゆえ、ここの創立者とその跡を継いだドクターに対する信頼は、崇拝に近いものがあった。

さらに、この生活棟群の中に、一棟、このサナトリウムで生まれた幼児たちを育てるための育児棟があった。ユキが、彼女の子供と共に暮らしているところだった。

谷の底を流れる川に沿って、その北側は広い肥沃な農地となっていた。住民たちによってよく手入れされた畑では、野菜や小麦が栽培され、人々の主要な食糧を供給していた。農地から北は、ゆるやかに登る丘となって、この谷で一番低い北の丘陵地帯が形作られていた。その丘陵地帯には、いくつかの小さな森や湖が散在し、その周囲に全部で数十棟にもなる2階建ての住宅が、あたかも小さな農村を形成するように散らばっていた。主にこのサナトリウムの従業員の家族や、数は少ないが、患者たち同士で結婚して家族を作るまでになった者たちが暮らしていた。

ドクターも、そのうちの一軒に世話係の老人夫婦と生活していた。彼自身は独身だった。彼は、かつてはかなり高名な精神科医師であったらしいが、このサナトリムを尊敬する創立者から引き継いで以来、ずっと、ここに一人で暮らしていた。

この北の丘の頂上には、ちょうど南の牧舎と向かい合うような位置に、大きな農作業管理棟があった。そこには農作物の生産や管理をする部署と、農機具の管理をする部署とがあり、サナトリウムで生活を行う者たちへの、食料の公平な分配と、余剰生産物の貯蔵と販売という、重要な業務を行う中枢となっていた。

この北の丘を、さらに北に越えて少し下ってきたところには、もうひとつの草原が広がっていて、その一部が、このサナトリウムの医療施設となっていた。病院管理棟、入院病棟、診療棟があり、さらには、ここに暮らす人々が、生活用品を買い求めたり、また、地域の人々との唯一の接点となってもいるショッピングセンターがあった。

病院管理棟前のロータリーからは、二つの道が延びていた。一つは、さらに北の方に、サナトリウムの管理棟群を囲む壁に沿いながら、大きな門のあるサナトリウムの入り口に続いていた。もうひとつの道は欅の並木となって、急性期の患者たちと共にヨシトやユキがベンチに腰をかけて話をし、散歩を楽しんだ芝生と森、そしてそのはずれの、小さな湖へと続いていた。

湖の湖畔沿いの道は、やがて小高い丘につきあたるが、その丘がこの谷の北の丘であった。つまり、このサナトリウムは北の丘を境にして、南には生活のための施設が点在して広がり、北には病院を中心とした診療施設が広がる形になっていた。

谷の東の方は、川が徐々に太くゆるやかになるに従って、草原から湿地帯へと変わり、その湿地帯の先、視界が東に消えていくあたりに、巨大な都市が広がっていた。その都市からこのサナトリウムへは、湿地帯を避けるように、大きく北の方へ迂回しながら走っている一筋の自動車道があり、その道だけがサナトリウムと都市とを結びつけているものだった。

その自動車道の終点が、診療棟や病院管理棟につながる正面の門であり、道は、サナトリウムの境界線となる有刺鉄線が張り巡らされた、高い壁に沿って走っていた。つまりこのサナトリウムは、東の広い湿地帯によって都市から、北のこの高い壁によって、その都市が象徴するいわゆる普通の世界から、切り離される形になっていた。

ケンは、この地形を十分に生かすことを考えた。前回の戦いの失敗を教訓にして、敵が湿地帯を越えて攻め込むしかないようにし、この谷で迎え撃ち、三方から囲むように攻撃して撃退しようと考えた。すなわち、都市から続く道路に何重にもバリケードを築き、そこによく訓練された少数の戦闘員を配置し、敵がその方向から攻め入った場合は、バリケードやサナトリウムの塀越しに一斉に攻撃をかけ、彼らがかなりのダメージを覚悟しなくてはならないと思うようにした。

さらに、谷を見おろす南の山の中腹にある牧舎と、北の丘の頂上にある農作業管理棟に、それぞれ一機の機関銃を配置し、侵入者への側面からの攻撃の拠点にすることにした。各々10人程度の攻撃隊をそこに配置し、必要な時に側面から、その攻撃隊が一気に攻め降りる計画だった。

主力守備隊の50名ほどは、西の山裾に布陣をしいた。そして、その山の中腹に広がる集合住宅に患者たちを集め、分散して混乱した行動に出ることを未然に防ごうと考えた。牧草地帯と畑には地雷を埋めた。

5階建て管理棟の最上階にある作戦本部は、非常に見晴らしが良く、そこからは湿地帯を攻め登ってくるであろう敵の動きが、手に取るように見えると思われた。また、念には念を入れて、西の山の背後から攻め入ってくるかもしれない敵の動きを捕捉し、先制攻撃を与えるために、10人ほどの戦闘部隊を西の山の頂上付近にも配置した。

準備は順調に進んだ。敵が攻めてくる日は、数日の誤差はあるが、歴史が教えてくれていた。それが、彼らの準備に心理的な余裕を与えていた。

ユキとの出逢いとつらい終わりから少しずつ癒されていくに従い、ヨシトはそんな雰囲気の中で、どことなく心踊る日々を味わっていた。彼は、食糧の備蓄や湿地帯に仕掛ける手製の地雷を作る、女性たちの小屋を訪ねて手伝ったり、銃の訓練に参加したり、白兵戦《はくへいせん》になった時のための武闘訓練に参加した。毎日が充実した日々だった。

彼はユキにも何度も出会った。彼女が子供を育てている育児棟は、ヨシトが育ったコロニーとは、設備も建物の構造もまったく違ってはいたが、それでも、どことなく似たものを感じずにはいられなかった。

子供をまとめて育てる組織には、男や父の影が見られず、すべてが女性的で、攻撃性の少ない柔らかな空気に満ちていた。ユキは生き生きとしていた。もちろん、精神活動にまったく問題のない者たちと比べれば、どこか反応が鈍く、ぼんやりとしていることが目立つということはあったが、周りの者たちと溶け合って、種々の作業に関わり活躍している姿は、満足げだった。

彼女を苦しめていた育児に関する悩みやストレスは、彼女の子供も他の子供たちに混じって集団保育を受けることによって、かなり軽減されていた。それが彼女に解放感を与え、彼女の精神活動に明らかに良い効果をもたらしていた。彼女の表情には、病んでいた時の危うい美しさを見ることはもうできなかったが、少しふくよかになったその姿は、やはり美しかった。

ユキに出会うたびに、ヨシトの心に忘れていたはずの彼女との不思議な出会いの日々が、悲しい記憶としてよみがえった。それはつらいものではあったが、同時に懐かしいものでもあった。愛を失うことの、喩えようのない、相反する感情のせめぎ合う、切なさや苦しさは、ヨシトにとってまた別の新鮮な体験となっていた。

そして、そうこうするうちに、その日は、少しずつ、確実に近づいていた。

その日が近づくに従い、ヨシトとドクターとケンは毎日のように作戦本部に集まり、作戦上の細かい打ち合わせを繰り返すようになった。彼らは分担して、各部所の状態を点検して回った。特に攻撃の重要なポイントとなる、機関銃の配置された牧舎と農作業管理棟には頻繁に訪れた。

攻撃を開始するタイミングやその合図の確認。状況によって作戦本部が攻撃のタイミングを変更する時の指示の確認。もっとも効果的に相手にダメージを与えることができる撃ち方。そういった細かい作戦上のシミュレーションを、想定される敵の様々な攻撃のパターンに合わせて、繰り返し行った。

こうして、徐々に高まる緊張と不安と充実感と、心地よい肉体的な疲労との日々、一日の作業を終える夜には、他の作戦本部員や戦闘員たちも一緒に、作戦本部で酒を酌み交わしながら、色々な話題を話し合うようになった。彼らはヨシトの時代の様子を知りたがった。これから先、人間たちがなぜ、どうしてヨシトたちのようになっていったのかを知りたがった。その未来の歴史は、決して明るく楽しい話題とはならなかったが……

「結局は、オレたちの時代が懸命になって試みている環境保護活動は、なんの役にも立たなかったってことなのか？」

ケンがヤケ気味に言った。

「それで、人口が減って、あんたたちのような型になっていったのか？　ちょっと言い方は悪いけど、どう考えても、オレは、あんたたちのようにはなりたくないんだけどね」

「いや、歴史から知る限りは、人間の努力はかなり実を結んだと考えられます。確かに、一部では核燃料への未練が捨てきれなかったため、大気汚染をひどいものにしたり、太陽電池や燃料電池への依存を強めすぎたため、重金属などの土壌汚染がひどくなったりはしましたけどね。かなりの努力が実ったと思いますよ。人口が減ったりした一番大きな原因は、人間たちがした環境破壊によるものなんかではなくて、突然の地球環境の変化だったのです。急激な紫外線の増加、原因不明の火山活動の活発化、地殻の活動や大気の変化が、ある臨界点を越えて急に変化した。そうとしか思えなかった。

オゾンホールの拡大だの、温暖化だの寒冷化だの、色々なことを人間たちは考えていたけれど、結局我々が経験し蓄積したデータの時間など、この宇宙のほんの数秒で、そんなことで一喜一憂したって地球のちょっとした変化にもどうしようもなかったのですよ。いつのまにか地球は、私たちの知らない未知の状態になってしまっていたのです。私たちの祖先は、いや、今の時代の人々ですけど、皆、宇宙のかなたのことばかり考えていた。

足元のこの地球の中のことなど、ほとんど何も知らなかった。人間たちが知っていたのは地球のほんの表面のことだけ、後は上の方、空の向こうの宇宙ばかり見ていた。つまり、上ばかり見て歩いていたら、足元をすくわれて落とし穴に落ちてしまったってことです。最古の文明が滅びていった時と同じようにね、たぶん」

「なるほど、オレたちの努力なんか自然や宇宙の大きな動きから比べれば、小さなことだったってことか。なんか空しくなってくるねぇ」

「それで、あなた方は自分たちを変えていったのですか？　というよりは……変えざるを得なかったのかな？」

ドクターがうなずくようにゆっくりと尋ねた。

「ええ、まあ、そういうことです。そうせざるを得なかったということです。それまでは、違う夢のために作られていた宇宙ステーション建設のための技術は、結局、この地球上で役に立ったわけです。火星などの惑星で生活するための技術、特に防護服はどんどん改良されて薄く快適なものになってきて、デザインやファッションを気にすることが出来るほどに、ゆとりのある技術に発展しました。そういう技術がまさか、他の惑星ではなく地球上で役に立つようになるなんて……まあ、皮肉なことですけど。でも、そのおかげで私たちは生き延びることができているわけですしね……」


人々は、強い紫外線と絶えず吹き付ける強風、そして突然に襲ってくる熱波から彼ら自身を守るために、巨大なピラミッド型のドームを建設した。地上300m、地下50m、一辺の長さが1㎞のドームを、地盤の確実なところを選んでいくつも建設した。そしてドームとドームの間を直径5mのパイプで結びつけた。

多くのドームとそれを繋ぐパイプとは、まるで地表にへばりついて繁殖するカビと胞子のようだった。ドームの中は快適だった。地下はもっと快適だった。そしてそこに、彼ら自身の子孫を育てるコロニーを作った。

この時代の最高の技術を用いて強固に建設されたドーム群ではあったが、それでも絶え間なく起こる地震に、無傷でいることはできなかった。絶え間ない振動は、パイプとドーム、パイプとパイプの接合部に、常に何かしらの亀裂やずれを生じさせ、その修理・保守点検作業が、この時代の人々の重要な労働の一つとなっていた。ほとんど毎日のように、どこかでその作業が行われていた。

しかし、彼らにとってもっとも重要な労働は、食料工場の生産管理と、主なエネルギー供給源となっているドーム周辺に設置された、多数の風力発電装置の保守点検作業であった。成人となった者たちは男女に関係なく、皆、数ヶ月毎に交代で、30日間この作業に従事しなくてはならなかった。

スキンスーツは、その時にもっとも威力を発揮した。ドーム周辺に散らばる風力発電機をひとつひとつ回り、100ｍ近い頂上に登り、吹きすさぶ強風の中でモーターや羽、その軸受け周りの点検や修理を行うことは、きわめて危険な作業だった。そういう作業中に、スキンスーツは人々を様々な危険から守ってくれた。

空を覆う厚い雲を貫いて、降り注ぐ強力な紫外線と放射線。絶えず起こりうる事故による外傷。そういうものから受ける肉体的ダメージを、このスキンスーツは最小限に抑えてくれた。

果てしなく繰り返される危険で気の重くなる作業は、しかし、生活上欠かせないエネルギーの生命線を守り、住環境の安全性を維持するためのものである以上、おろそかにすることは決してできなかった。皆はそれを十分に理解しているが故に、黙々とそのつらい作業に従事した。


「しかしなんだ、なんでまた、皆、お前たちが連れてくる奴等みたいに、その、なんていうか、性器が退化した、男か女かわからないような人間ばかりになっちまったんだ」

ケンがためらう様子もなく、単刀直入にヨシトに尋ねた。

「それは、私たちにもはっきりとはわかっていないのですが、多分、先人たちが、過去の人間の行い、暴力と殺戮《さつりく》の歴史の繰り返しにこりて、遺伝子選択を行って、穏やかな性質の種類ばかりを残していった。その結果なのではないかと言われています。私たちはご存じのように、約二百種類ぐらいの染色体の組み合わせだけで、私たち自身の生産を完全に管理しているので……」

「暴力を消していったら、性欲も消えていったってことか？」

ケンがため息混じりに言った。

「ええ、そういうことですね。それに、生殖活動自身、つまり、この時代であなた方が言う性行為自体も、やがて不必要なものになりました。何しろ生殖自体が、完全に私たちの管理下におかれるようになったので……私は、ここにやってきて初めて、そのことの意味を実感しています」


ユキが、歩いていた。子供を抱え、幸福そうであった。ヨシトは、その輝くような横顔と首筋、豊かな胸に、激しい欲情をそそられ、思わず、暴力的にでも彼女を自分のものにしたいという欲求を、必死の思いで押し殺していた。


「記憶が無くなっていくのは、そういうことと関係あったのか？」

ケンがまた単刀直入に尋ねた。

「無くなっていくわけではなくて、10年ほどを周期に、脳の神経細胞が入れ替わってしまうために、消えていくのです。そういう遺伝子を発見し、それを持っている者だけを残していったのです」

「なんで、そんなことを……」

「多分、恐怖体験を忘れていくために……ええ、これは私たちの失敗だったかもしれないと、今では私は思っています。だけど、人間の暴力衝動の元となっているもののひとつである、心の傷を治療するもっとも有効な方法は、記憶の消去しかなかったのです。それともうひとつ、記憶が若さを奪い、精神を老化させていくからです。それで、記憶を消していけば、若さの維持に繋がる。そう、私たちの先人たちは考えたようです」

「それで、それは目論見どおりうまく行ったのですか?」

ドクターが、質問する学生のように興味深そうに尋ねた。

「私にも、それはよくわかりません。私は……ほら、あなた方と同じで、記憶を持っている者ですから……」

待ちきれないように、ケンが唐突に尋ねた。

「前から聞きたかったんだけど、あんたたちの時代にはもう俺たちの時代のような、臓器移植ってのはなくなったのかい?」

「ええ、私たちの時代より、もうずいぶん前からなくなっていましたよ。臓器移植は、過去の避けることのできなかった、この時代のやむを得ない治療方法として記録されています。後悔の念を込めてね……そういうことはどの時代にも色々あったでしょう。後の時代に考えればなんともおかしな治療法も、その時代では真剣に正しい方法として信じられていたことは、多かったはずですよね。仕方のないことです」

「俺は、あんたと、こんな厭な時代を離れて、あんたの時代に行っちまいたいと思う時がある。あんたたちのようになるのはいやだけど、少なくとも、こんないやなことからは逃げられるしな」

思いつめたように、じっとヨシトを見つめながらケンがつぶやいた。

「そうですか？　でも、私たちの時代は、むしろ逆に、技術が発達し過ぎて、私たちのほとんどが実際に肉体に触れることがなくなり、その為、いろんな問題が出てきてしまっているのですよ。きっと、私たちよりもっと後の人々は、私たちのことを笑うだろうと思いますよ」

「だけどな、そうかもしれないけれどな、今よりは良いように俺は思うよ。言ってもしかたないことだけどな、何で俺たちはこんなことになっちまったんだって、時々たまらなくなるんだよ。この頃、特にな……」

そこまで言うと、ケンはふと言葉を止め、少し遠くを見つめるような目つきで、独り言のように語り始めた。

「この、2週間ぐらい前から、この前までな、妙に何回も、あのデジャビュって奴を見たんだ。昔もそりゃ少しぐらいは見たことはある。でもな、あの頃は異常だった。やけに起こるんだ。ひどい時は1分置きなんてこともある。でな、それが、他の奴に聞いてみたら、同じなんだ。みんなそうだったんだ。俺だけじゃなかったんだ」

ケンはその場にいた他の2人の仲間を順に見つめた。彼らはうなずき、一人がぽつりと言った。

「何か、予知能力者にでもなったみたいでしたよ。自分たちの未来を予見できる……」

「時空の揺らぎから起こることですね」

ドクターが抑えた声で言った。

「あなた方がこの時代にやってくる時が、少しずつ違っているのです。時空間をタイムスリップする時に、物質としてのあなた方の確率波的存在に、わずかなずれが『揺らぎ』として生じる。そのわずかなずれは私たちにとっては、決して小さなものではないので、あなたの前に到着した人が、もし、あなたより少し前の日時にここに到着していたとしたら、前に到着した人のことが記憶に残っているから、その時に見聞きしていた未来の出来事を、あなたによってくり返し見聞きすることになる。どこかで既に聞いた話として……。

あなたの前に到着した人より、あなたが少し前の日時にここに現れたとしたら、前の人のことは消し去られてしまうのだろうが……そんなことが何百回と起こっていたら、どれが前でどれが後なのかはわからなくなる。無数に入り組んだ『前』と『後』とが記憶に残ったり、消し去られたりする。それが、デジャビュのように思えるのでしょう……」

「そんなわかったようなわからないような解説なんて、悪いけどドクター、どうでも良いことなんですよ」

ケンが苛立つように話をさえぎった。

「俺は、正直言って怖くて仕方がない。ドクター、あなただってそうじゃないんですか？これはただの予見じゃない、自分の死の予見なんですよ。それに、多分みんなそうだと思うけど、この3日ほど前から、そのデジャビュが、まったく起こらなくなった」

ここまで言って、ケンは急に言葉を飲み込み、次の言葉をためらった。それから、少し青ざめた顔で、再び言葉を続けた。

「急に、俺の毎日の時間が静かになった。デジャビュが、まったく起こらなくなった。ということは、もうすぐってことじゃないのか？　もう、ドクター、あなたの言う『時空の揺らぎ』ってヤツからははずれてしまって、はっきりとした時間に入ってきたってこと、つまり、言いたくはないけど、俺たちの終わりの時間が近づいたってこと、そうなんじゃないかって」

皆は黙り込んでしまった。おそらく、いや、間違いなく皆ケンと同じ恐怖を感じているに違いない。ヨシトが皆を励ますように言った。

「いや、だからこそ、今こうして闘っているのじゃないですか⁉　悲劇が起きないように、生き残るために！」

ドクターが、優しく微笑みながらうなずいた。他の３人もうなずいては見せたが、笑顔を見せることはできずに、うつむいたままだった。

時間は、確実に迫っていた。

ヨシトやケン、ドクターたち、作戦本部の人々は司令棟で寝泊まりすることになった。いつどんなことが起きてもすぐに対処できるように、戦闘用の服を身につけ、戦闘用の靴をはいたまま、硬い床に薄い毛布を敷いただけで寝た。ヨシトには散弾銃が一つ与えられた。彼の力量では、ライフルはとても無理と判断されたからだった。

指令棟に寝泊まりするようになって、最初の2日間の、緊張しきった日々から、少しその生活に慣れてくると、今度はむしろ、適度な緊張感に満ちた心地よい時間となってきた。

朝、何事もなく目覚める日が、二日ほど続いた。早朝、薄暗いうちに目覚め、戦闘訓練を行い、冗談を交わしながら戸外で昼食をとり、夕方の訓練を終えた後、各部署をめぐって作戦の確認や武器の点検業務を行う。夜になると疲れも手伝い、少し悲観的な雰囲気が皆の周りに漂い、そんな中、ちょっとうち沈んだ夕食が始まり、やがて酒での馬鹿騒ぎへと続き、いつのまにか一人ずつが眠りについていく。そんな日が続いた。

「あの日」が確実に迫っている。それは確かなことであった。歴史は確かにその日を教えていた。それが彼らの有利な条件のはずだった。が、今回、その日はもう既に過ぎていた。これも時空の「ゆらぎ」の成せることであったが、その日までいったい何日あるのか、もはや知る術はなく、ただ、デジャビュの消失だけが、その日の近いことを教えていた。

デジャビュが皆の中から完全に消えたことは、そのこと自体を意識すれば皆の中に恐怖感が呼び起こされるが、そうしなければ逆に、奇妙な感覚に襲われ続けることもなくなり、むしろ人々に一時の落ち着きを取り戻させた。それは、諦めに近い境地だったかもしれない。

だが、このような人々の生活、恐怖と不安と共に生き、仕事や酒や冗談でそれをまぎらわし、騒ぎ、涙し、怯え、自らを鼓舞し、そんな混乱を抱えながらも、避けられない運命に向かって淡々と日々の生活を営んで行く。ヨシトにとって、こういう毎日が、ひどく新鮮で、そして、とても人間的なものに思えた。確かに、彼はそれを楽しんでもいた。ひどく不思議な体験だった。

ある夜、酒が覚めて、なんとなく目がさえて眠れない夜更けに、ヨシトはドクターと二人きりで話をする時間を持った。

「私たちのこの時代を、あなたはどう思います？」

なんとなく緊張した空気をほぐすように、ドクターが穏やかな声で尋ねた。

「どう思うって？……そうですね、私たち人間の知恵の浅はかさは、昔からずっと変わらないなあと、つくづく学びました。私は、私の時代の自分たちがイヤでイヤで、今のこの時代にずっと憧れを抱いていました。私たちは間違ったところに来てしまったのではないか、昔はもっと良かったのではないかって思っていました。

特に医師である私は、遺伝子的にも先祖返りに近い者でもあるし、仕事もこの時代の医師の姿はもっと、何というか、もっと人間的で、本来の姿に近いに違いないって、そう、憧れていました。あなたのような方に出会い、教えを受け、この時代の医師としての仕事を経験してみたいものだって、ずっと思っていました」

「で、今はどう思うのかな？」

「そうですね、あなたは、やっぱり期待したとおりの素晴らしい人だった。お世辞でもなんでもありませんよ、この期におよんでそんなもの何の意味もないですからね」

ドクターはちょっと照れくさそうに、しかし穏やかな声のまま尋ねた。

「ありがとう、で、仕事、といいますか、この時代の医師というものはどうでした？」

「それは、何というか、まさか、ここまでとは……ある程度は想像していたのですが、歴史から学んでもいましたから……でも、実際に目にして、実際に感じると、それはまったく違うものですね。私たちの時代はまさに、その、実際に感じたり、目撃したり、触れたりということが、見事に失われていますから、この実際感覚は強烈でした。ま、楽しむこともできるようになって、やっぱり私の体には、バーチャルではないこの実体験としての感覚が、馴染みやすいのだなと痛感しましたが、ただ……」

ヨシトは少し、言葉を発するのをためらった。

「ただ？　ただ……なんです？」

ドクターが促した。

「ただ、ひどく、野蛮ですよね。あらゆることが。医学も、人間の生活も、人々の付き合いも……」

そう言いながら、しかし、ヨシトは思い出していた。抱いた女性たちのしなやかだった体。その裸の姿。恍惚として叫びをあげるその声を、瞬間思い浮かべた。その思い出に繋がる感情の、すべてが野蛮な欲求に支配されていた。それは獣《けもの》じみていた。しかし、それこそが人間的なものなのだ。

そう、この時代ではそう言っているではないか。あの獣じみた愛情表現、そこから生まれてくる心地よいもの、それだけを人間的だと。ヨシトは黙ったままそう考えた。

「確かに、人間的なものは、獣じみてもいますよね」

まるで、ヨシトの考えが漏れ出ていたかのように、ドクターが相槌を打った。おそらくは同じことを、彼も感じ続けていたのだろう。

「本当は、あなた方の方がよほど人間的なのでしょうね。私たちは、獣じみた感情や振舞いの中で、心地よいものだけを『人間的』と名づけ、そうでないものを獣じみていると決め付けた。そのくせ、むしろきわめて人間的で頭でっかちな考えや、やり方を『非人間的』と言ってきた。まさに今ここで起こっていること、この非人間的な行為こそ人間的なのに……。

私たちは都合の良い論理を持ち出して、獣たちにはとても思いつかないような、私たちの、この肥大した脳以外には思いつきもしないような、残虐な方法で、自分たちを生存させようとしている。そして、その未来は、あなたたちの時代の、なにもかも管理され尽くした世界。自分たち自身すら改造していく、非人間的な、そういう意味できわめて人間的な世界。そんなところへ向かっていこうとしている」

ドクターは眉にしわを寄せ、手で額をもむようにしながら、ふー、と大きくため息をついた。そして続けた。

「でも、あなたがそうであるように、あなたが、この世界での感覚を自然に楽しみ始めているように、私たちには、色々な姿がある。私たち人間が、最後はどこに到達するのかはわからない。わからないが、しかし、やっていくしかない。受け入れていくしかないのではないだろうか。この時代ですら、あなたの時代ですら。また、ほかのどんな時代ですら。変化し続けるのが私たちなのだから」

ドクターは、その深い理知的に沈んだ目でヨシトを見つめ、言葉を止めた。ヨシトの反応を待っているようだった。ヨシトはそのまますぐには答えられず、少し的はずれの答えをした。

「私は確かに、この野蛮な獣じみた感情や欲望をけっこう気に入っています。すっかり馴染んでしまったようです。でも、この医療の姿には耐えられない。あまりにも野蛮すぎて……」

このかなり的外れなヨシトの話にも、ドクターは誠実に答えた。彼は常に、こういう風に、寛大で許容力にあふれていた。

「医学というのはとても人間的なものだからでしょう。常に、野蛮で。でも、それでも、発展し続けていく。いや、変化し続けていくと言った方がいいかもしれないですが……。発展というのは勝手な思い込みなのでしょうから……。しかし、その発展は、私たちの医学を少しずつ機械的なものにしていく。逆に言えば、無感覚なものに。だからかえって野蛮なものに変化させていく。機械的で無感覚なもの。それこそ、それこそ人間的で、その意味で野蛮なものだから。私たちは、そういうものだから……ではないでしょうか？」

　ヨシトには難しすぎる問い掛けだった。彼はもっと具体的なことを知りたかった。彼は単刀直入に訊ねた。

「あなたは、でも、今の移植医療には反対なのでしょう？」

「反対ですよ、もちろん。それこそあまりに人間的で、機械的で、野蛮なやり方だから。でも、今この時代に生まれた技術としては、しかたないのではないでしょうか？　ここまでしか私たちは行き着いていない。そう考えれば、私が反対だと思う医療技術はいっぱいある。でも、その基準はなんでしょう。なぜ反対なのでしょう。もしくは、反対したからといって、私に、他に替わる技術を生み出すことができるでしょうか？

　私たちの技術は積み重ねられて新しいものへと変わっていく、そういう地道な進化をするものでしかない。いや、単なる『変化』かもしれませんが……。私たちの技術に、意味のある突然変異はありえないのです。いつもそれを夢に見てはいますがね……。だから、その時その時に生きて、その時その時の技術を信じ、実行していくしかない。そうじゃありませんか？　私たちは、自分の生まれてくる時代を、選ぶことは出来ないのですから」

そこまで言った後、ドクターはしばらく言葉を飲み込んだまま黙り込んだ。それから、まるで独り言のように続けた。

「多分、この戦いで、私は死ぬでしょう。その予感はずいぶんとはっきりしたものに思えます。そして、もし死ぬのなら、私の脳が最初に死んで欲しい。彼らに脳を撃たれて死にたい。そうすれば、彼らは私の臓器を取っていくでしょう。誰かの体で役立つかもしれない。

一人か、二人かは、寿命を永らえることができるでしょう。ほんとうに、そうなって欲しい。矛盾だらけと思うでしょうが、これは私の正直な気持ちです。あの臓器狩りの連中は、絶対許せない。彼らは許せない。が、私が死んだら、私の臓器で命を永らえることのできる人々がいる。それは、確かなことなのですから」

ヨシトは何も言えなかった。ここに来る前なら、何をバカな論理にならないことを言っているのだと思っただろう。なんて未熟で野蛮な考えなのだと。だが、彼は思った……それなら、「私たちの医学は野蛮ではない」と言い切れるのだろうか、と。

記憶を入れ替え、肉体の変化を実感することから逃げ、老いていくことを見つめようとはしない。受け入れようとしない。そのどこが進歩で、どこが洗練されているというのだろうか。私たちでさえ、私たちの未来の人間たちから見たら、野蛮な医療を行っていたと思われるかもしれない。私たちは進歩しているのではないのだ。それは、私たちの勝手な思い込みにしか過ぎない。私たちはただ、変化しているだけなのだ。変わらぬ、野蛮で、矛盾だらけの存在のまま、その時代、その時の環境に合わせて変化しているだけなのだ。

私自身が、それを証明しているではないか。この体と、この感情が、この時代に合わせて見事に変化したではないか。ドクターも私を見ながらそう思い、確信したに違いない。そして、受け入れたのだ。今、ここに生きることを、もしくは、ここで死んでいくことを……

翌朝、ヨシトはユキのいる育児棟を訪ねた。特に理由はなかったが、昨晩のドクターとの話が、彼の感情を刺激したのだろう。彼はユキを求めていた。

ユキは、忙しく働いていた。子供たちの食事を作るために。もう見事に普通の母だった。彼女の中に、あの危うい美しさを見つけることは難しかった。そして、ヨシトは自分を恥じた。いつまでも、頭の中にこびりつけていた勝手な思い込みに。

彼女も、変化していたのだ。必要に応じて。そのことが、ひどく生き生きとして、現実的で、一切の余分な観念をはねつけて、美しかった。

その晩ヨシトは、いつになく多くの酒を飲んで寝た。深い悲しみに似た感情が頭をもたげ、胸を締めつけ、わけもなく涙が止まらず、なかなか眠りにつくことができなかったからだった。

悲しみと充実感と、高揚と落胆と、悲観と楽観とが、目まぐるしく彼の中で入れ替わり、彼を困惑させ続けていた。

第6章　闘い

翌朝、ヨシトは、激しい警報音で目を覚ました。急に目覚めさせられて、ぼんやりとした頭でも、それが緊急の集合を命じる合図の警報であることはすぐにわかった。昨夜は色々な考えが頭を巡り、眠りにつくことができず、寝ついた後も浅い眠りで夢ばかりを見ていた。頭が、もうひとつはっきりしなかった。

目を覚まそうと、頬を両手で何回か叩き、大急ぎで身支度を整えた。だが、なかなかはっきりとした現実感を持てず、気持ちを落ち着けることができなかった。わけもなく胸が高鳴り、足が地に着かず、雲の上を歩いているような浮ついた感じがした。全身が小刻みに震えていた。

それでも一応、訓練のおかげで身にしみついた動作が、戦闘用の装備をつけさせてくれた。ヘルメットをかぶり、現実感覚はまだはっきりとは戻っていなかったが、とにかく急いで部屋から走り出した。

廊下を抜け、階段を駆け上がり、作戦本部へ向かって急いだ。その間もヨシトの脳裏には、訓練を終えて仲間と互いに談笑し合う光景が、繰り返しよぎった。これも訓練であり、作戦本部に着いたらケンが笑って待っているかもしれない、と心のどこかで期待している自分がいた。

その甘い期待を振り切ろうとしながら、彼は、最後の階段を駆け上がり、作戦本部のドアを勢いよく押し開いた。ヨシトの胸の鼓動は、息苦しいほどに高まっていた。

作戦本部には、すでにもう全員が集まっていた。全員が、窓に顔を寄せ、遠くを見つめていた。駆けつけたヨシトの存在を感じると、ケンが外に目をやったまま、黙って双眼鏡を手渡した。ヨシトは確信した。これは訓練ではないことを。

遅れて到着したことを、怒鳴られはしないかと不安だったヨシトは、あまりに落ち着いて外を眺めているケンの姿に、少し拍子抜けした。ほっとすると、気持ちがすこし落ち着いた。

徐々に動悸が治まっていくのを感じた。そして、今自分の置かれている現実が、しっかりと掴み取れた。新しい緊張が身を包んだ。喉の奥が乾いた。

作戦本部の窓の正面、遠く、湿地帯のあたりに、激しく水しぶきが上がっているのが、肉眼でも見てとれた。耳を澄ますと、ホーバークラフトのものと思われるエンジン音が、遠い雷鳴のように鳴り響いているのが聞き取れた。ヨシトは、渇ききった喉に必死で唾を飲み込み、ケンから渡された双眼鏡を持ち上げて、水しぶきの上がっている湿地帯を見た。そこには、もっと確かな現実が広がっていた。

フェリー仕様の巨大なホーバークラフトが、3台。尖った三角形の配置を取り、その周りに十数基の小型水上艇が、陣形を崩さぬように互いの位置を確認し合いながら、こちらに向かって進んでいた。

ホーバークラフトには、おそらく、装甲車と手術室《オペ》付きの臓器冷蔵車が、何台か積み込まれていると思われた。が、先端にある高い上陸用ブリッジに視界を遮られ、それを確認することはできなかった。

水上艇の方には、それぞれ10人前後の人間が乗り込んでおり、一つの水上艇には麻酔銃を持った臓器狩り部隊が、他の水上艇にはライフルや自動小銃を持った戦闘部隊が、それぞれまとまって乗っているようだった。ホーバークラフトにも、どの程度かはわからないが、そのような人間たちが乗っていると思われた。

彼らは、驚くほどのスピードで、湿地帯をすべるように進んできた。その見事に展開されたスピードあふれる進撃は、ヨシトを不安にさせた。

ヨシトは、自分たちの陣形の状態を確認しようと、南北に配置された機関銃座に双眼鏡を向けた。それぞれ牧舎と農作業管理棟の前にうずたかく土嚢《どのう》を重ね、機関銃部隊は3人一組で準備を整え、じっと敵の進撃の様子を見つめていた。機関銃の横にも土嚢が連なり、そこに6～7人の戦闘員が銃を構え、同じように彼らの進軍を見つめていた。

双眼鏡を目からはずし、今度はこの指令棟の周囲を、窓から身を乗り出すようにして眺め回した。指令棟とそれぞれの避難棟の前には、うずたかく土嚢が積まれていて、その背後に迎撃部隊が銃を構えて待機していた。皆同じように硬い表情をしており、絶えず小刻みに体を動かす者や、呆然として動けなくなった者など、彼らからは現実の闘いを前にした者たちの、言い知れぬ不安感と緊張が伝わってきた。

その間にも、臓器狩りの連中は、あっという間に湿地帯を通り過ぎた。そして、乾いた草原地帯にたどり着くと同時に、左右に展開していたホーバークラフトが停止し、先端の大きな上陸用ブリッジが、耳に突き刺さるような軋《きし》み音を上げながらゆっくりと地面に倒れ掛かってきた。

もう一台の、先頭を走っていたホーバークラフトは、この2台を置き去りにしてそのまま中央の川をさかのぼり始めた。その後を隠れるように水上艇が続いた。

彼らが、あっという間に谷の真ん中まで進んできた時、既に停止していた左右のホーバークラフトの、上陸用ブリッジが完全に地面に着き、軋むような音が消え、それと同時に、6両の装甲車が飛び出してきた。

そしてさらにその後を、次々と、おそらくは20台近くもあろうかと思われるジープが飛び出し、全部で50両ほどにもなる戦闘車両が、うねるようなエンジン音を響かせて扇状に広がり、全速力で川の両岸の草原をこちらに向けて駆け上がってきた。

そして、この装甲車とジープの一隊が、中央に展開していたホーバークラフトと水上艇に近づき始めた時、今度は、最後のホーバークラフトが停止し、その上陸用ブリッジがゆっくりと降り始めた。

臓器冷蔵車は、このホーバークラフトに積み込まれているらしかった。陰に隠れるようにして次々と停止した水上艇からは、ばらばらと歩兵部隊が降り始めた。麻酔銃を抱えた彼らは、指揮官の指示に従い、見事に統率の取れた一糸乱れぬ動きで展開し、こちらへ向かって走り出した。その訓練された鮮やかな動きは、彼らが明らかにプロの兵士たちであることを示していた。

その、まるで軍事教本ビデオを見るような見事な動きを眺めながら、ヨシトたち作戦本部の者の間には、重苦しい緊張感が広がった。すでに、例えようのない敗北への予感が彼らを襲っていた。

急に、川の両岸を疾走していた装甲車群の中から、左右一両ずつが南と北の丘を登り始め、サナトリウム側の頼みの綱、大型機関銃のある牧舎と農業管理棟の方に向かった。その動きは、その先に何があるかを既に知っているかのように注意深かった。

ヨシトたちをいやな予感が襲った。もしかして、彼らは既に、そこにサナトリウム部隊の貴重な攻撃拠点である、機関銃座があることを見つけ出してしまったではないか、と。

その2台の装甲車が、牧舎と農作業管理棟に到達しようとする頃、ヨシトたち本隊が待ち構える西の山に向かって駆け上がってくる装甲車、ジープ、歩兵の一団が、ついに機関銃の射程内に入り始めた。ヨシトは固唾を呑んだ。

機関銃の攻撃が、その一団に火を噴くのが先になるか、それとも駆け上がってくる装甲車が、その機関銃座を襲うのが先になるのか。牧舎と農業管理棟の部隊は、攻め上がってくる装甲車に気がついているのだろうか。もし気がついていないとしたら、何らかの方法で知らせるべきだろうか。ヨシトたちの中に苛立ちと迷いが渦巻いた。

だが、思ったより、装甲車の動きはゆっくりしていた。これ以上のスピードが出ないのか、用心深く行動しているからなのか、それはわからないが、いずれにしろ、これなら機関銃座からの砲撃の方が間に合うと思えた。ヨシトは、もう打ち合わせどおりでなくて良いから、直ちに攻撃を開始すべきだと心の中で叫んだ。

機関銃の一斉攻撃に驚いて隊形を乱し、うろたえる敵の姿を思い描いた。その光景が目の前に広がった――と思えるほどに強い期待を抱き、たまらず、叫んだ。

「撃てー！」

その声に、作戦本部全体にも期待感と新たな緊張が満ちたように思った。彼らは、機関銃が火を噴くのを願った。その銃弾が雨のように装甲車やジープを襲い、その背後に隠れた兵士たちを次々になぎ倒してくれるのを待った。

敵は、サナトリウムの住人を無造作に殺すことはできない。が、ヨシトたちにはそれができた。それだけが彼らの唯一の強みだった。だから、その時サナトリウムの人々のすべてが、その残虐な光景を見届けることを熱望していた。強く激しい欲望だった。

しかし、機関銃は、いつまで待っても火を噴かなかった。敵はその射程圏内から少しずつ離れ始めていた。にもかかわらず、彼らには何の攻撃も加えられなかった。彼らは、見事に隊形を維持したまま、何事もないかのように進軍を続けてきた。

作戦本部にも、その下の戦闘員たちの間にもざわめきが起き始めた。いったいどうしたのか。機関銃が故障したのか、あれほど何回も訓練を積んだのに、やっぱり我々素人では無理だったのか。誰か駆けつけることができないのか。ああ、いったい何をしているんだ。

皆の間に、不安とあせり、苛立ちがつのった。そして、そうこうしている内に、ついに2台の装甲車が左右の機関銃の待ち伏せ小屋に到着してしまった。

一個分隊ほどの兵士たちがばらばらと展開し、一気に小屋を包囲し、あっという間に小屋の中に突入した。銃声は一発も起こらぬまま、牧舎も農作業管理棟もあっけなく占領されてしまった。

と思えたその直後、しかし、数発の銃声が響いた。サナトリウム側の戦闘員の体が牧舎で一人、管理棟で二人、外に放り出された。彼らは胸や腹を撃たれているようだった。敵の戦闘部隊の兵士たちには、臓器を手に入れることなど興味がないようだった。あるいは、そうするよう指示されているのかもしれなかった。

ヨシトたちの間に、明らかに強い動揺が広がった。第一防衛線は、あっけなく突破されてしまったのだ。何の反撃も与えられずに。惨めな数人の犠牲者を出しただけで。そこでいったい何が起こったのかわからなかったが、ヨシトたちに、戦いの現実としての仲間の死が重くのしかかった。第一のもくろみは完全に失敗に終わった。そして自分たちをも襲うかもしれない死への恐怖が、ヨシトたちを浮き足立たせた。

敵はどんどん本隊に向かって近づいてきていた。作戦本部にも、本部棟の前に作られた土嚢の後ろに控える戦闘員たちの間にも、恐怖感で張り詰めた動揺が広がっているのがわかった。彼らは頻繁にヨシトたちのいる本部の窓を見上げた。ドクターがたまらず大きな声で、全員を激励した。

「あわてる必要はない。次の地雷原で、かなりのダメージを与えることができる。ひるむな。気を引き締めてしっかりと敵に的を絞れ！」

ドクターの言葉は効き目があった。全員が再び敵の動向に集中し、銃の的を見つめ直した。皆、次に、臓器狩りの連中が遭遇するであろう地雷地帯で、何台もの装甲車やジープが火を吹いて破壊され、多くの兵士が爆発で吹き飛ばされる姿を期待しながら、同時に、その残虐な光景に怯えながら、じっと待った。

先頭のジープが、ついに地雷地帯の最初の設置ラインに入ろうとしていた。

サナトリウム側は、彼らにしかわからないように、地雷を埋設した近くの草の根元に色を塗った。戦闘が勝利で終わった後、地雷地帯を元の農場や牧草地帯に戻すために、埋めた地雷を見つけやすくするためだった。その標《しるし》の色は、赤外線を当てて少し上の方から眺めるとよく見えるが、それを知らずに地面を走って進んでくる人間やジープからは、見えにくいようにしてあった。

本部と本部前の防衛隊の何人かが、期待に身を乗り出した。今にも、先頭のジープが、吹き飛ぶであろうという期待に。

だが、目の前には信じられない光景が展開していった。ジープは、地雷原の直前で、大きく迂回して山腹の方に向かい、地雷が埋めてある草原と山腹の境ぎりぎりの所を、少しスピードを緩めながら進んできたのだ。彼らは、明らかに地雷のあることを知っているようだった。

よく見ると、ジープに乗っている兵士の一人が赤外線照射装置を地面に向け、双眼鏡でその一帯を見つめながら、運転している兵士に指示を出していた。その赤外線照射装置の赤い光が、ジープの振動に合わせて、ちらちらとヨシトたちの目をついた。先頭のジープの後から、他のジープと装甲車が次々に続いた。

歩兵たちも、地面を見つめながらゆっくりと、地雷の標を避けながら進んでいた。そしてすぐに、慣れてきたのか、ジープと装甲車は、自信を深めてスピードを上げた。慣れてしまえば、地雷を埋めた標は簡単にわかる。そんな風だった。

実際の戦闘における効果を考えれば、愚かなやり方だったに違いなかった。歩兵たちも慣れるに従い次第に歩を速め、地雷など埋まっていないただの草原を走るかのように、自信を持って進んできた。地雷は、ひとつとして爆発せず、何ひとつとして彼らに被害を与えることもなく、静かに潜んだままだった。

もう理由は明らかだった。誰かが裏切ったのだ。そして、ヨシトは真っ先にケンを疑った。あれほど正確な地雷の埋設地帯を教えることのできるのは、彼以外に考えられなかったし、それに、なにより、簡単に場所を敵に知られてしまって役に立たなくなるのではないかという他の者たちの、今考えれば当然の疑問を押し切って、地雷埋設場所に標をつけることを主張し説得したのはケンだったからだ。

皆は、ケンの巧みな説明に最後には納得させられていた。が、今にして思えば、彼のような古今の戦法に通じた者が考えるにしてはおかしなことだった。今になって考えてみればだ。が、もう遅すぎた。

ヨシトはケンに疑いの目を向け、困惑しながら彼を見た。まだ彼の裏切りが信じられなかった、いや、信じたくなかったのだ。しかし、ほとんど同時に、ドクターは、もっと確信にあふれた視線でケンを睨みつけていた。これほどに激しい感情をあらわにした彼の目を見るのは初めてだった。ケンも、その視線にたじろいだ。そのうろたえた表情に、ドクターは確信を強め、彼ににじり寄った。突然ケンが叫んだ。

「もうたくさんだったんだ。どんなに考えたって勝てっこない。作戦を考えれば考えるほど駄目だ、勝てやしないって、そう思えてきたんだ。もうあの恐怖には耐えられなかったんだ。皆だってそうだ。なっ、そうだろう？」

ケンは、彼の周りにいる何人かに同意を求めるように、問いかけた。何人かがうなずいた。

「何度も何度も、自分の死を予感するなんて、もうたくさんなんだ」

ケンは、味方を得て勇気づけられたかのように、さらにはっきりと叫び続けた。

「もうたくさんだったんだよ。考えれば考えるほど、この戦いには勝てない。俺たちは殺される。どうしたって殺される。そんな予知夢のような考えが頭にこびりついてるんだ。怖くて仕方がない。もう、怖くて怖くて……ドクター、あんただってわかっていたはずだ！」

ケンの目には涙がにじみ、最後には、叫びはほとんどすすり泣きになっていった。

しかし、ドクターの怒りは治まらなかった。

「ケン！　私は、お前を……信じていた！　お前だけはこの恐怖に勝てる。そう信じていた」

うめくように力を込め、ドクターは言葉を搾り出した。そしてさらにケンに近づこうとした。追い詰められて思わず、ケンが銃を構えた。

「ケン！　お前は！」

明らかに狼狽したドクターが、ぎごちなく銃を構えようとした。そのうろたえ振りは、普段のドクターからは、想像もできない姿であった。ケンへの信頼が、いかに強いものだったか、この裏切りがどれだけショックだったのか、痛々しいほどにあからさまだった。

ケンは一瞬たじろいだ。彼にはさすがにためらいがあった。おそらく彼にドクターは撃てないだろう。誰もが瞬間的にそう思った。が、次の瞬間、ケンの隣にいた男の銃が火を噴いた。弾は、ドクターの腹部を直撃した。うずくまるドクターに何人かの男が次々と弾を撃ち込んだ。ケンは呆然として立ちすくんだ。が、どうすることもできなかった。

事態は、彼の思わぬ方向に進んだのだ。

しかし、そんなこととは関係なく、おそらくは銃声があらかじめの合図だったのだろう、一斉に、ケンの側についたと思われる戦闘員たちが、他の戦闘員たちに銃を突きつけて取り囲んだ。

管理棟前の防衛隊の中でも、何人かが同じように銃を突きつけられ佇んだ。彼らは作戦本部を見上げた。そして、何が起こったかを理解したように、あっけなく銃を手放した。そのあまりのためらいのなさは、彼らも実はこうなることを、口には出せなかったが、願っていたのではないかと思わせるほどだった。誰にとっても、この恐怖に打ち勝つことは、簡単なことではなかったのだ。

彼ら以外のこのサナトリウムの人々にとっては、しかし、この事態は、彼らとはまったく違った意味を持つ。いかに脳機能の障害があろうとも、死の恐怖は存在する。死への予測、自分が破壊されていくことへの予測は出来る。それが、人間だから。

あちこちでパニックが起こった。患者たちにも、何が起こったかがすぐに知れた。

彼らは、蜘蛛の子を散らすように叫びをあげて逃げ始めた。その直後、今度は、彼らが集まっていた西の山の背後から、遠雷のようにエンジン音が響き渡った。あっという間に、6機の戦闘用ヘリコプターが、次々と上空に現れた。

ヘリコプターは何の抵抗も受けないまま着陸した。飛び出した兵士たちは、麻酔銃を手に、患者たちを追いかけ、狙い撃ちし、捕獲していった。谷の方から攻め上がってきたジープや兵士たちも、ついに患者たちの群れに追いつき、次々に、逃げまどう患者たちに襲いかかった。あたかも家畜を追い集めるカウボーイたちのように、嬌声を上げて威嚇しながら、兵士たちは患者たちを追い回し、囲い込み、麻酔銃を撃ち込み、連れ去っていった。

ヨシトは、そのほんの数分間の時間を、無限の時が過ぎ去るように感じながら、なすすべもなく立ちつくしていた。ふと、気がつくと、ケンは、ドクターの死骸をじっと見つめたまま立ち尽くし、戦闘員たちも生気を抜かれたように、ただ呆然と立ち尽くしていた。

ヨシトは、我に帰り、そしてとっさに、ユキを思った。

「ユキ！」

そう叫ぶと、彼は育児棟目指して走った。本部の階段を駆け下り、廊下を走り抜け、ロビーを抜け、玄関から飛び出した。体を翻《ひるがえ》し、一気に管理本部棟の裏手の坂を駆け上がり、その先に見える育児棟目がけ、ひたすら走った。

ふと、遠くにユキの逃げていく姿が見えた。そして、そのすぐ後ろにひとりの兵士が追いつき、彼女の長く伸びた髪の毛をつかもうと手を伸ばした。もう一方の手には麻酔銃がしっかりと握られ、その銃口がユキの首筋に向けられた。

「ユキ！」

ヨシトは叫んだ。

「逃げろ！　ユキ！」

彼は力の限りの声を出して叫んだ。

が、次の瞬間、その叫びをかき消すように、はるかに強い巨大な叫び声が、塊となってあたりに響き渡った。地を引き裂くような叫びの烈《はげ》しさに包まれ、ヨシトは思わず耳を塞ぎ、地面に両膝をつき、頭を抱え込んだ。

その瞬間だった。突然、彼の周りの風景がゆがみ、薄れ、消えていった。彼は両膝をつき、両手で頭を抱えたまま、激しいめまいを感じ、と思うとすぐに、また別の景色が現れ始め、一瞬のゆがみの後に、彼の周りには、治療船の病室のクリーム色の壁だけが見えていた。

ヨシトは、そのまま床に突っ伏した。ウソのように、まるですべてが夢でもあったかのように、あたりは静かだった。

だが夢ではなかった。その証に、彼は戦闘服を身につけ、肩に散弾銃を背負っていた。とっさに彼は腰に手をやり、ベルトに差し込まれていた短銃を取り出した。そして、突然銃口をこめかみに当て、引き金を引いた。

無様にも引き金は動かず、彼はあわてて安全装置をはずそうとした。が、そうしている間に、飛びかかってきた3人の医師たちに取り押さえられた。腕をはがいじめにされ、もう一人の医師が彼に鎮静ガスを発射するまで、ヨシトは力の限りに抵抗し、叫びをあげ、涙を流し、もがき、そしてやがてガスの効果があらわれるとともに、

「死なせてくれー！　チクショウ！　俺は、俺は……」

と呻きながら、嗚咽《おえつ》の中、意識を失っていった。

第7章　アルカディア

ヨシトは、アルカディア行きの治療船の中にいた。今は気分も落ち着き、ラウンジにぼんやりと腰をかけ、巨大な窓の向こう、高速で通り過ぎていく暗い星空の広がりを見ていた。宇宙の広がりは、ヨシトの意識を薄めていく。彼の悲しみも怒りも、激しく突き上げてくるあらゆる感情の塊も、すべてが薄まっていく。薄衣《うすぎぬ》のように存在そのものが透きとおっていき、少しずつちぎれ、ばらばらになり、暗い空間の中に拡散していく……。

21世紀サナトリウム行きの治療船に乗った者たちは、皆、同じような体験をする。そして突然、このアルカディア行きの治療船の病室に現れる。経験の形はみな違い、ある者は、21世紀のあまりの残虐さに、ついに精神が破壊され、ある者は、異常に暴力的になり、またある者はただやみくもに欲望をあらわにするようになる。彼ら、先祖返りとして医師となった者たちは、その素質として、過去の人間の凶暴性と残虐さを有しており、それが解放され、同じような者となってしまう。

ヨシトは幸い、それほどの凶暴性を開花させはしなかったが、異性を愛するということを知った。そしてそのことが同時に暴力的衝動をも開花させた。彼にとって性的欲求への目覚めが、暴力的衝動を解き放つ鍵でもあった。

あの頃彼は、自分の体の奥深くに湧き起こる衝動、異性である女性を征服するという衝動が、戦闘への破壊衝動と交互に現れてくることを知り、そしてその興奮を味わった。それは恐怖と解放感とを同時にもたらした。これが、人間的ということなのだろうか？　彼は思った。

それとも、彼がオスであったからなのだろうか？　では、もし、メスが同じ経験をしたらどうなるのだろう。彼は、突然気がついた。この時代、医師として選別される者の中に、メスはいまだかつて存在しないことを。

他人を愛するという感情と破壊しようとする感情、解放されることによる心地良さと破壊することによって得られる心地良さ。歓喜と自己破壊、強い喜びの感情と激しい悲哀。これらすべてが相反するものではなく、同じ軸の中にあるひとつの衝動にしか過ぎないこと。それが、人間そのものであること。肥大した中枢神経に支配された、ヒトという生物の、本来の姿であることをヨシトは漠然と認識し始めていた。

自殺という行為はこの時代にはない。それは自己への破壊衝動であり、暴力的欲求だ。しかし、このアルカディア行きの治療船に勤務する医師たちは、その行為を知っている。それを防ぐ方法も。彼らは、21世紀行きの生き残りたちだからだ。

彼らの中には、時に、自殺者が現れる。その者は、21世紀に体験した激しい恐怖を、些細な音や匂いなどの刺激で思い出し、恐ろしい視覚的イメージとして再体験してしまうからだ。その逃れようもない恐怖を理解しうる者は、ヨシトたちの時代には、医師たち以外には存在しない。この時代の人々は記憶を絶えず入れ替えていく。言語的なものも、視覚的なものも。

この時代の人々は、成人した後に初めて地上を体験する時の、激しいショックと恐怖を、イメージとしても、言葉としても、音やにおいとしても、やがては記憶の中から消していく。先祖返りしている医師たち、脳の中に記憶を持ち続ける彼らは、恐怖の記憶に苦しむ。その記憶から逃れることができない。その復活した衝動性の、烈しさに苦しむ。自己すらも破壊してしまおうとする暴力性に、自らを苦しめる。

この時代を生きる者たちにも、恐怖体験が残すものはある。自律神経系の体験と反応の記憶がそれだ。それだけは残る。そしてそれが、彼らの未だに解決できない問題だった。

どれほど記憶を入れ替えようと、成人して地上を体験した時に経験する恐怖反応、自律神経系の反応は、パニックとして記憶されてしまう。そして、恐怖は、絶えずパニックを引き起こす。パニックだけは、記憶され、繰り返し引き起こされる。それがまた人々を不安にする。

この時代の医師の願いは、このパニックをなくすことであった。それは、先祖返りという運命を背負い、医師という憂鬱な仕事を引き受けさせられている彼ら自身を救う、唯一の方法であったからだ。彼らは、自分たち自身を21世紀行きの治療船に送り込み、彼ら自身を用いて、記憶から解放される方法を研究し続けていた。すべての恐怖から解放される、それを夢見て……。アルカディア行きの治療船は、そのひとつの試みであった。

治療船の中は、まるで通常の旅客船のようだった。4人の医師たちが同乗して定期的な診察を行わなかったら、この船が治療船だなどとは誰も思わないだろう。それほどに、この船の中の生活は自然で、ゆったりとしていた。一人一人の病室は、十分に広く快適だった。モニターカメラが、常に監視している以外は……。

食事をとるラウンジは、通常のカフェテリアと変わらずメニューも豊富だった。この時代、ドーム内にある食品製造工場から生み出される食材は豊かだった。長い歴史の中で融合した様々の地域の文化は、各地にあるドーム都市間の違いを消し去る代わりに、どの都市でも豊かな文化の恩恵を受けることが出来るようにした。それを新しい文化へと成長させるエネルギーは失われて久しいが。

治療船のカフェテリアでも、豊富な種類の料理を楽しむことが出来た。そして、アルカディア行きの治療船の場合、医師たちがもたらし、彼らが愛した21世紀の料理が、メニューとして採用されていた。21世紀東アジアの料理である。ヨシトも、それを好んだ。

ここで勤務する医師たちも、懐かしさからよくその料理を注文したが、帰ってきたばかりのヨシトは、毎日その料理を注文した。それは、この治療船に現れるサナトリウム帰りの医師たちの常だった。コックたちも承知していた。彼が何も言わなくとも、コックたちは毎回少しずつ違ったものを黙ってヨシトに出してくれた。ヨシトも黙ってそれを食べた。

味も見た目も、もちろん彼が知っているあの時代のものとは、残念だが、かなり違っていた。それでも、ヨシトには懐かしいものだった。彼の断ち切れない想いを癒してくれる、十分な効果を持っていた。特に香りが、この時代にはあまり好まれない肉や魚や野菜のそのままの香りがふんだんにあった。

その強い香りが、彼に、ユキやドクターやケンやサナトリウムの風景を思い出させた。散歩した道、湖、そして戦いの場面を思い出させ、たまらなく懐かしいと共に、苦しく、耐え難い悲しみをもたらした。それと同時に、心踊る思い出でもあった。

限りない愛着に浸りながらも、激しく打ち壊したくなる記憶であった。

突然の激しい物音で、ヨシトは我に帰った。カフェテリアの一角、ヨシトから数メートルも離れた所で、スキンスーツ姿の患者が突然転倒した。食器とトレーが床に落ちた音と、テーブルや椅子にその人がぶつかる音が部屋中に響いた。ヨシトは医師の習性から、反射的にその人のもとに走った。

患者は女性だった。気を失っていた。何があったのか、突然意識を失い倒れたようだった。ヨシトは彼女の目を見た。彼は驚いてその目に見入った。彼には記憶があった。この人は、確かにあの時、ひとりの男が風車の頂上から放り出されて死亡した時、その現場で意識もうろうとして座っていた、そしてヨシトの胸に顔をうずめた、あの女性だった。彼はその情景をはっきりと思い出した。そして呆然と思いを巡らした。

医師たちが駆けつけて処置を始めた。脇に退かされたヨシトは立ち尽くしたまま、必死に考えた。彼女を治療船送りにしようと判断したのは、確かにサナトリウム行きの治療船勤務になる2日前だった。それから救急車で治療筒に搬送され、追加の治療が必要かどうかを判定され、必要な追加治療を施されてからこの治療船に送られるのに、通常なら長くても5日間である。この治療船が何日前に地球を飛び立ったのかはわからないが、せいぜい2、3日前ではなかったか。

とするならば、彼女を診察してから今日まで1週間か10日しか経っていないことになる。しかし、彼が21世紀のサナトリウムで過ごした時間は、一年以上にはなる。時空の歪みはそれほどに大きな差を生み出したのだろうか？　あの激しい叫びは、時空間に、それほどに大きな影響を与えたのだろうか？　人間という生物の存在が、その激しい運命の変化が、純粋に物理的なものとしか思えない時空間に、こんな影響を与えることなどがあるのだろうか？

別の時空間を旅したヨシトの中に、しかし、記憶というものが「時の流れ」としてしっかりと刻まれている。記憶は不可逆的に変化し、元に返ることはない。そのはずである。が、もしかしたら、時間とは記憶のなせる業でしかないのかもしれない。物理的時空間は、我々が考えているほどには、しっかりとしたものではないのかもしれない。生命の中で起こる不可逆的な変化、その積み重ねと時空とは互いに入り組んでいるのかもしれない。

ここまで考えた時、ヨシトはしかし、また別の考えにふと思い至った。あの女性の治療には思った以上に、つまり、一年近くを必要としたのかもしれない。彼女がこのアルカディア行きの治療船に乗せられたのは、初めてではなく、何回目かの体験なのかもしれない。そんな例のあることを聞いたことはなかったし、アルカディア行きの治療船での治療は1回きりのものであると、ヨシトは考えていた。

だが、それも、よく考えてみれば、彼が勝手にそう思い込んでいただけだったのではないか。アルカディア行きの治療が、1回だけで終わるものだと、はっきりと教えられていたわけではなかった。

駆けつけていた医師たちにそのことを訊ねようと周りを見回した時、すでに彼らの姿はなく、カフェテリアも何事もなかったように、元の落ち着いた雰囲気の中に戻っていた。やむなく、ヨシトは明日にでも彼らに訊ねようと思い、自分の部屋に戻った。

だが、ヨシトはついにその機会を持つことが出来なかった。

その翌日、治療船は目的地、アルカディアに到着した。

アルカディアがどこにあるのか、何であるかを知っている者はいない。送り込まれる者たちは、治療船に乗って宇宙を旅し、いくらかの時間の後にこの地に着くことだけを知っている。そこへ至る道筋は、すべてプログラムされている。何も知る必要もないことだったし、皆、知りたいと思うこともなかった。

アルカディア。そこはまず、圧倒的な光に満ちあふれていた。青白く晴れ渡り、かつ、強烈な光に満ちた空があった。その光がどこから射してくるのかはわからなかったが、その強い光はもやとなって視界を遮り、時に、青白い空をさらに白く輝いて見せるほどだった。

だが、空気は、強い光の中にあるにしては、さして暑くもなく、適度に暖かく、心地良かった。地面は軽い湿りを持ちながら乾燥し、歩く者たちの足の裏に快適な冷たさを感じさせ、土を手に取ると、さらさらとこぼれ落ちた。

宇宙船から降り立ったヨシトと患者たちは、誰に指図されるでもなく、あらかじめ決められた道筋を行くように、ゆっくりと前へ歩き始めた。

しばらく歩くと、光のもやに遮られていた視界が急に開け、目の前に巨大な湖が現れた。その深い藍色の湖水は、近づく者たちの目を覚まさせるように、つややかな冷たさをたたえていた。湖面はわずかに小さな波紋を立て、湖畔に細かい波となって押し寄せていた。それを見て、ヨシトは初めて風を感じた。それほどに風は柔らかだった。

湖の遥か向こうには、雪を頂いた山並みが連なっていた。耳を澄ますと、湖に流れ込んでくる川の、かすかなせせらぎの音が聞こえてくるようだった。

ヨシトは吸い寄せられるように湖に向かい、透明な湖水に手をつけた。心地よい水の感触が全身にしみわたり、その水を口にせずにはいられなかった。のどを濡らす滑らかな冷たさが、全身をうるおした。空を見上げて光を浴びた。そして、暖かい光と冷ややかな水の絡まりつく心地良さに、思わずかすかな吐息を吐いた。

ヨシトはためらうことなく湖の中に足を進め、透明な湖水に身を投げ出した。湖面に横たわり、どこまでも澄み渡った水の冷たさを、全身で味わった。水面に浮かんだ体は、光のもやに包まれ、強い光の輝きの中に漂っているかのようだった。水と、大気と、光とが、境目もなく彼を包み込んでいた。

遠くから音が響いてきた。何かがぶつかり合うような不思議な音は、山並みに反響し、心地よいリズムでこだまし合った。ヨシトは浮かぶことを止め、音のする方向を目指して泳ぎ始めた。少し泳ぐと、再び、光のもやが晴れ渡り、その向こうに、凍りついていく湖面が見渡せた。音は、凍りつきながら膨張する湖面が、互いにぶつかり合う時の響きであった。その単なるぶつかり合う響きが、たとえようもなく美しかった。

彼は再び湖面に体を浮かべ、空を見上げた。もう一度、あふれかえる光のもやの中に包まれると、今度は、そのあまりの美しい輝きに、こみ上げてくる涙を止めることができなくなった。静かな嗚咽《おえつ》がヨシトの全身を緊張させた。そしてその緊張が、彼の体を重くさせ、吸い込まれるように、蒼い湖水の中へと沈んでいった。

水の中は、適度に光が吸い込まれ、穏やかな明るさに満たされていた。湖面のゆるやかな揺らぎが、水中に光の影のきらめきを生み出し、透明な水の底には、歩いてきた地面と同じような細かい石や土が見えた。どれもが輝き、時に影に隠れ、揺らぐ光にたゆたうように見えた。

水の中に響く湖面の音は、甲高く、一層神秘的になった。ふと、ヨシトは気がついた。ここには何一つとして、生きているものがいないことに。小さな動物や魚はもちろん、細かい羽虫やわずかな藻さえも浮かんでいなかった。

澄み渡る光の海と湖、それは、生きているものがないがゆえに美しかった。響き渡る音も、乾きながらも冷ややかな土も、それを濁らせる生き物が何ひとつないがゆえに心地良かった。ここは自然にあふれた無生物の世界だった。そして、その不純物を一切含まない、澄み渡る美しさが、ヨシトの心を震わせていた。

風が、湖面に作り出す細やかな波の模様、遠く響き渡る氷のぶつかり合う音、それらはヨシトの胸の鼓動に呼応した。濁りひとつない水は、滑らかに彼の体を包み、降り注ぐ光は、全身の緊張を解きほぐした。この無生物の世界の中で、同じようにただの「物」としての存在となっていく。その解放感が、かつて味わったことのないほどの心地よさを、ヨシトにもたらした。

生命が、ただ運動であるなら、ここにある無生物の運動そのものが生命に違いない。彼はその運動の中に溶け込み、運動そのものとなっていく自らを感じた。時に限りなく変化し収束する運動となり、また、限りなく拡散する無へと動いた。

無生物のみの世界は死であり、限りない拡散も死であり、しかし、この世界は同時に収束をもたらし、それは生命への前ぶれであり、緊張への序章であった。この拡散と収束の運動だけが、絶えることなく、変わらずに続いていくものであった。それは、生と死とが、相互に移行し合う無限の運動であった。

変化は収束へと向かい、と同時に拡散へと動く。その無限の繰り返しの中で、意識は行き場を失い、薄れていこうとしていた。究極の解放、ただ無限に続く運動だけに回帰していく。果てしない快楽が、体中を満たした。

それは、生と死の接点への静かな旅であった。その無限の運動の中へと溶け込んでいくように……。

が、その意識が薄れ、完全に消え去ろうとしたまさにその時、彼の意識が戻った。夢から覚めるように、不意に意識が戻った。

気がつくと、彼の周りには誰一人いなかった。ヨシト一人が、光と水と音の中を漂っていた。次の瞬間、急に周りのすべてが遠のき、そこから引き剥がされるような感覚が彼を襲った。

ヨシトを包んでいた景色が一瞬歪み、あっという間に消え去り、そして、彼は、治療船のベッドの上に横たわっている自分を見つけた。

クリーム色の天井と壁が見えた。夢を見ていたのではないことは、ヨシトの体と衣服が芯まで濡れていることでわかった。ゆっくりと体を起こしてベッドに腰掛け、肩をほぐすように首を2、3度回して、彼はぼんやりと、今体験してきた出来事を思い出していた。

……私は死ぬところだったのだろうか？　あれは、死の世界だろうか？　生命と呼べるものが何一つ存在していなかったのだから。だが、私は生きていた。光も、水も、風も、響き渡る音も確かに生きていた。そう、生命が、生命を持たないものの絶え間ない運動でしかないなら、あの世界はまさしく生きている。あの世界そのものが生命だった。だが、生命が収束し続けていくものならば、拡散していこうとする動きは死への運動のはずだ。あそこには収束し続ける生命は存在しなかった。しかし、あの世界の全体が、ひとつの生命だとしたら。拡散も収束も、包み込んでしまうものだとしたら……では、死とは？　私の死とは？　ユキの死とは？　臓器を差し出すために奪われていくその結果としての死とは？　自らの信念と思想のために、もしくはただ生きるためだけに戦って、敗れ去った結果としての死とは？　いったいなんなのだろう……

生命が死と分かつことのできない運動ならば、死んでいく者はいったいなんなのだろう……生命が収束で、死が拡散であり、しかしその収束と拡散とを包む運動そのものが、あたかも生命であるかのように無限に続いていくものだとしたら……そして……生命そのものに、「無限の動きとしての生命」への憧れがあるとしたら。私が心地良さを感じる、拡散への憧れがあるとしたら。恐怖からの解放があるとしたら。生命は死を求め、そのことによって無限の生命となる。その憧れを持ち続けているとしたら……すべての死は意味を持つ。

そうなのだろうか？

消えていく意識だけが恐れおののき、未練がましく苦しみ続ける。が、それこそ解放へと向かっていくだろうか……そしてもし、生命が、生命自身への愛着を持ち、と同時に無限の運動としての崩壊への憧れを持つとしたら。愛と破壊とが共にあるとしたら……それが私たちなのだとしたら……

ヨシトは少しだけ、このアルカディア行き治療船の意味が理解できたように思った。ここでの体験は、人々の中で、何が生きているのかを教えてくれるためにあるのだと。生と死と、苦しみと解放と、恐怖と安らぎと。その対立し合う者たちが、どこへ向かっていくのかを、教えてくれているのだと。その答えを、ヨシトはまだはっきりと手に入れたわけではなかったが、少しだけは、そこに近づくことが出来たように思えた。

彼はおもむろに立ち上がると洗面台に向かい、冷たい水で額と首の後ろを濡らし、鏡に映った自分の顔を見つめた。青白い顔には、しかし、かつてのように崩れた疲れは見られなかった。

（完）

2003年1月10日

あとがき

いま、世界はひどい破壊の欲望に衝き動かされているように見えます。この世界唯一となった、かの「超大国」は、自己と他者を破壊することへの衝動に飲み込まれているかのようです。悲しいのは、それが抑圧の名の下にではなく自由と解放の名の下に行われていることです。

豊かさ=大量消費は破壊の快感を固定させ、性衝動の解放は生きる充実感をもたらすともに自己破壊への欲望を開花させます。両者はあいまってより強い破壊へと人々を駆り立てているようです。そして我が国は、ひたすらその後を追い求め、同化することに強い憧れさえも抱いています。

恐ろしいのはその反動です。破壊に疲れた人々は「抑制」を求め、再び「抑圧」が表舞台で主人公となるかもしれません。破壊衝動の下での抑圧ほど恐ろしいものはないことを、歴史は繰り返し私たちに教えてくれているのですが……

他方、「人間の部品化」が進んでいます。唯脳《ゆいのう》主義ともいえる考え方が主流を占め始めています。人間＝脳。こんな考え方は、生命を無生命化しようとする破壊衝動に力づけられない限りは、日の目を見ることはないでしょう。肉体が、脳に奉仕する機械の部品のように考えられているのですから。

安楽死の合法化された国で、痴呆を起こす病気になった人々の安楽死への希望が膨らんでいます。痴呆になった人は死んでいるわけではないのです。それなのに、むしろ死を選ぶ……迷惑をかけるから？　いいえ、脳が機能しなくなったら人間ではないと思っているからです。そう思っている方のなんと多いことでしょう。今、この文章を読んでいるあなたでさえも……きっと……

愛の賛歌と自由への欲求が、同時に破壊衝動を成長させていく。私たちの肥大した脳が死への欲望・タナトスを洗練された形をまとって実現させていく――。それは、歴史が、私たちにいつも示してきたことでした。

私たちは少しも進歩していないのでしょうか？　絶望的……でしょうか？

いいえ、少なくとも私はそうは思いません。私たちの長い文化は、それに対する解決方法のヒントをすでにたくさん生み出してきています。そして、精神を病んだ人々を素直に受け入れ、その行動を見つめ、その言葉に耳を傾けるならば、さらに多くのヒントを手に入れることができるでしょう。私は、そう考えています。

そんな風に考えていた色々なことを、私は、夢物語のように描き出してみようと思いました。もちろんそれが成功しているのかどうかは、かなり怪しいところですが……

この本をここまで、つまり最後まで読んでいただいた方。ありがとうございました。できましたら唾棄《だき》されずに、あなたの書棚に末永く置いてもらえますようにと祈る次第です。

最後に、統合失調症の急性期の苦しみから解放されようとする、まさにそのときの体験を「童話」という形で私に教えてくださった一人の女性に、この本を捧げたいと思います。いつか、この「童話」を発表するという約束が、こんなにも遅くなってしまったことへの謝罪とともに……

著者

〈著者略歴〉

岩崎 悠（いわさき ゆう）

大阪府在住。精神科医師。

治療船・タナトスへ

2003年7月15日　　初版第1刷発行

著　者　岩崎 悠
発行者　瓜谷 綱延
発行所　株式会社 文芸社
〒160-0022　東京都新宿区新宿1-10-1
電話　03-5369-3060（編集）
03-5369-2299（販売）
振替　00190-8-728265

印刷所　神谷印刷株式会社

ISBN4-8355-6007-8 C0093